KB143268

민들레 피는 골목

민들레 피는 골목

박현기 수필집

수필미학사

생각하면 우스운 일이다. 내가 세상에서 가장 별 볼 일 없는 사람이 되었을 때 문득 수필이 다가왔다. 사업 부도로 집도 절도 다 날린 내게 무어 얻어먹을 게 있다고 찾아왔는지 모르겠다. 이왕 어딘가에서 숙식을 해결하려면 고대광실에서 내로라하는 사람에게나 갈 일이지, 지지리 궁상을 떠는 내게 기어들어와 어쩌자는 말인가! 수필아! 너도 참 복 없는 놈이다.

어느 문학지의 신인상에 당선되니 소감을 말하랬다. 다른 사람들은 문학에 대한 포부, 의지를 미려한 문장으로 구구절절 잘 썼더라만, 거두절미하고 나는 "여보 마누라, 미안하오"라고 했다. 문학 근처에는 얼씬도 하지 않기로 한 결혼 약속을 어겼기 때문이었다. 삼십 년이 넘도록 술 마시고 춤추고 노래하며, 먹고 사는 일로만 살았다. 배운 것은 잡질이요, 아는 것은 껍데기뿐. 이러니 내게 기어든 수필이 불쌍하지 않을 수 없다.

글은 단지 아련한 추억의 한 조각일 뿐이었다. 어린 시절 한때 막연히 문학을 동경한 적이 있었다. 하지만 이런저런 곡절 끝에 그 꿈은 결국 꿈으로 끝났다. 꿈으로 끝났기에 더 애틋했는지 모른다. 문득문득 미치도록 글을 쓰고 싶을 땐 밤새워 술을 마셨다. 그래야 나를 잊을 수 있었다. 꽃이 피고 비가 오고 바람이 불고 눈이 내리고…….

　어느 날 문득 다가온 수필을 통해서 나 자신을 증명하고 싶었다. 애틋한 주변의 이야기를 통해서 삶의 애착을 키우고 싶기도 했다. 결국은 무식을 다시 한 번 입증하는 꼴이 되었지만 속은 후련하다. 누군가에게는 심각한 이야기가 누군가에게는 우스운 이야기가 될 수도 있다. 책을 낸다는 것은 무리한 시도임이 확실하다. 부끄러운 속살을 햇살 아래 내놓는 느낌이다.

　된 글이든 되지 않은 글이든 지난 2년은 행복했다. 무엇보다 뒤죽박죽으로 헝클어져 버린 마음이 차분해졌다. 글이 내게 그런 치유를 선물할지는 몰랐다. 생각해 보면, 술로 감성을 죽일 것도 아니었고 세상이 억울해 날뛸 것도 아니었다. 원고지 앞에서 끙끙 앓는 내가 재미있고, 나를 들여다보는 시간이 즐거웠다. 걱정스레 바라보는 아내에게 미안하긴 하지만, 이제 또 다른 시작이다. 어디가 되든 끝없이 가보자. 끝까지 도와 주고 격려해 주신 모든 분들께 감사드린다.

2014년 2월

박 현 기

■ 차례

제1부 / 해후

제2부 / 싸움의 기술

제3부 / 은행털이

제4부 / 사람이 아름다워

제5부 / 장미공원

제 1 부

해후

아카시아 향기

계절은 항상 마음보다 빨리 간다. 오월이다 싶었는데 벌써 아카시아 꽃이 온 산을 덮었다. 산 아래 주택으로 이사하니 아파트에 오래 살았던 습관 때문에 불편한 점이 많지만 좋을 때도 더러 있다. 가장 좋은 것은 산 냄새가 그림자처럼 스민다는 것이다. 나무와 꽃의 향이 시도 때도 없이 도둑인 양 숨어들어 정신과 마음을 훔쳐간다. 그중에 으뜸은 아카시아이다. 은은히 달 밝은 날 부드럽게 휘감겨 오는 그 향기는 곧잘 정신을 몽롱하게 한다. 취해서 기절하지 않으려면 숨소리마저 천천히 낮춰야 할 지경이다.

고요히 앉아 그 향기를 맡노라면 나를 부끄럽게 하는 상처의 고름 냄새가 조금 섞여 있다. 잊은 듯 살아가다가도 아카시아 향만 풍기면 섞여 드는 씁쓰레한 그 냄새.

십여 년 전, 고향에 다녀오는 저녁나절이었다. 오월 중순의 아카시아 향이 온 천지를 휩쓸며 차창에 넘실거렸다. 예나 지금이나 오월의 향기는 사람을 참 푸근하고 행복하게 만든다. 새로 구입한 승용차의 안락함과 아련한 추억에 흠뻑 젖은 나는 미래를 달리듯 국도를 질주했다. 잠든 식구들의 얼굴에 일몰의 고즈넉함이 내려앉아 행복을 더했다.

아카시아 향 사이를 비집고 조금씩 스며들던 어둠이 어느 순간 왈칵 달려들고 있었다. 전방에서 흐릿하게 움직이는 것이 보였다. 경운기였다. 두 사람이 타고 길을 건너려는 것 같았다. 얼른 정신을 차리고 브레이크를 밟았다. 속도가 줄어드는 순간 경운기가 멈춰 섰다. 내 차를 본 모양이었다. 다시 가속페달을 밟았다. 그런데 경운기가 또 움직였다. 슬금슬금 아예 도로 중앙까지 들어서고 있었다. 시속 백 킬로미터가 넘는 속도, 거리는 약 오십 미터가 채 안 되겠다. 아차! 늦었다!

내 머리가 기민하게 움직이기 시작했다. 어떻게 해야 하나? 이대로라면 몇 초 이내에 충돌할 것이다. 그럼 저 사람들은? 잘하면 중상 아니면 사망할 수도 있겠다. 피한다? 그러면 볼 것 없이 차는 길옆의 무논바닥으로 날아가 뒤집어질 것이다. 그러면 잠들어 있는 내 식구들은? 우물거릴 시간이 없다. 어떤 결정이든 빨리 내려야 한다. 그래! 그대로 부딪히자, 차라리 저 사람들 다치는 게 낫겠다. 죽고 사는 건 저 사람들의 운명, 무엇보다 나와 내 식구들의 안전이 더 우선이지 않은가, 뒤처리는 보험사가 하겠지, 찰나에 그렇게 정리했다. 급제동을 걸었지만, 핸들을 끝내 돌리지 않았다. 타이어 파열음과 함께 사람이 공중으로 붕 떴다가 떨어지며 아수라장이 되었다. 아카시아 향의 감미로움은 순식간에 흩어지고 현실은 교통사고로 남았다. 생각보다 사람이 심하게 다치지 않은 건 불행 중 다행이었다.

참외 농사를 짓는 부부였다. 병원에 가자고 했더니 괜찮다고 했다. 오히려 미안하단다. 해야 할 일은 많은데 해가 져서, 빨리 아이들 저녁 먹인 뒤에 다시 일하러 올 요량으로 차가 오는 걸 보고도 먼저 길을 건너려 했다는 거였다. 그래도 후유증이 있을 수 있으니 병원에 가서 사진이라도 찍어 보자며 억지로 데려갔다. 가면서 내 머리가 또 한 번 움직였다. 교통사고라고 하면 여러 가지 복잡해질 테니까 실수로 경운기를 엎었다고 해 달라고 했더니, 두말없이 걱정하지 말라고 했다. 그러면서 아이들 저녁 걱정과 참외 순치는 일을 더 급하게 여겼다. 몸은 괜찮으니 결과는 나중에 보겠다며 빨리 집에 데려다 달라고 했고, 경운기만 고쳐 달라며 합의서까지 써 주었다. 고마운 마음에 약간의 돈을 주었지만, 그마저도 많다며 굳이 절반을 돌려주었다. 큰 사고를 좋은 사람들 만난 덕분에 작게 막을 수 있었다며 아내도 다행스러워했다. 연락처를 줬지만 한 통의 전화도 오지 않았다.

한 달여 후, 참외농사를 짓는다는 그 집에 참외를 사러 갔다. 내심은 후유증이 궁금해서였다. 경운기는 새것으로 바꿨고 돈도 요긴하게 잘 썼다며 인사하고는 덤으로 몇 개를 더 얹어주기까지 했다. 그 이후로 허리가 가끔 쑤시고 아프지만 신경 쓰지 말라며 오히려 우리 애들과 모친의 안부를 물었다. 돌아서면서부터 그때의 그 아카시아 향보다 더 진한 부끄러움이 피어오르기 시작했다. 차라리 무리한 요구를 하고 욕이라도 했으면 괜찮았을 것이다. 그들의 순한 웃음은 한순간에 나를 아주 파렴치한 사람으로 만들어 버렸다. 내가 원래 그렇게 이기적인 사람이었던 걸까?

학창시절 한때, 신독慎獨이란 단어에 매료된 적이 있었다. 삼갈 신, 홀로 독, 내 살아가는 양심과 철학을 항상 거기에 둘 것이라 생각했고 그렇게 살려고 노력했다. 가끔 그것이 사업적인 측면에서 거추장스러운 윤리가 될 때도 있었지만, 버린 적은 없었다. 또한, 누군가가 사람의 본성이 선한가 악한가를 놓고 갑론을박을 벌일 때도 항상 나는 전자의 편에 섰다.

그 순간 나는 왜 그런 쪽으로 생각했을까? 다급한 순간에 본능적으로 나온 것이라면 지금까지의 나는 위선의 탈을 쓰고 살아온 것이 아닐까. 세상을 사노라면 그런 다급한 순간을 얼마든지 더 겪을 수 있을 텐데, 그땐 또 어떤 이기적인 반응이 나올까. 생각할수록 내 얕은 지식과 이중적인 모순이 싫었다. 신독이란 단어의 의미를 엄청나게 훼손시키며 사는 것이 나 아닌지 모르겠다.

그날 나는 그 부부에게도 가해자였지만 나 자신에게도 가해자가 되었다. 그들의 상처는 곧 치유되었는지 모르지만, 내게 남겨진 자책감은 오래도록 나의 본성을 의심하게 하고 있다. 아직도 아카시아 꽃이 흐드러질 때면 그날이 떠오른다.

갓바위 노을

팔공산이 가까워질수록 말수가 줄어들었다. 출발할 때부터 서로 억지웃음 짓던 고부는 약속이나 한 듯 차창 밖만 바라보고 있었다. "괜찮다 걱정 마라."라는 어머니나, 연신 "미안합니다."를 되뇌는 아내나, 서로 눈물을 보이지 않으려 안간힘을 쓰는 건 마찬가지였다. 사업 실패의 통한이 또다시 나를 모질게 채찍질했다. 요양원을 선택한 우리의 결정이 과연 옳은 것인가? 다른 더 좋은 방법은 없을까? 정문을 들어서면서도 나는 한없이 주저하며 고민하고 있었다.

반신불수의 어머니를 시설에 맡긴다는 게 도저히 용납되지 않았다. 너무 걱정하지 말라는 요양원 측의 친절도 귀에 들어오지 않았다. 백 명도 넘는 어르신들과의 공동생활에 적응하지 못하면 어쩌나. 버려졌다고 비관하지 않을까. 불편한 몸으로 식사와 대소변은 또 어떻게 하나. 평생을 정갈하게 살아온 어른인지라 모든 게 염려스러웠다. 준비해 간 과일과 떡을 펼쳐 놓고 잘 돌봐 달라며 먼저 와 계신 어르신들에게 일일이 머리를 조아렸다. 그 사이 세 사람이 기거한다는 방문 앞에 어머니의 이름이 추가되어 걸렸다. "주소는 우리가 옮기도록 하겠습니다." 가슴이 철렁하여, 직원의 이야기를 듣는 둥 마는 둥 도망치듯 돌아섰다. 주춤거리면 피차 또 눈물을 보일 것이다.

단순히 병을 치료하기 위하여 병원에 입원하는 것이라면 마음이 이렇게 자괴감으로 무너지지는 않을 것이다. 이른 시일 안에 내게 전처럼 쾌적한 주택과 안정된 수입이 보장되지 않는 한 어머니는 돌아가실 자리로 가신 셈이다. 그 오랜 인고의 세월도 부족하여 또 다른 세상 속으로 뒤뚱거리며 걸어 들어간 뒷모습이 너무도 애처로웠다. 산 위의 약사여래불이 벼락이라도 칠 것 같아 고개를 들 수 없었다.

어머니는 숙모이다. 올해 여든둘. 잉태조차 한번 해보지 못하고 청상으로 살았다. 혼인한 지 몇 달 만에 숙부가 사상범으로 투옥되었고, 곧이어 6·25가 발발했다. 숙모에겐 모진 형극의 시작이었다. 교도소에서 눈을 감았다는 풍문만 있을 뿐, 확인할 수 없으니 행방불명으로 처리된 채 아직도 호적엔 빨간 줄이 그어지지 않았다. 개가하라는 권유도 많았지만, 혹시나 하며 기다린 게 육십 년이 넘었다. 그렇게 홀로 늙어 생활력이 없어지니 자연스레 둘째인 내 몫의 어른이 되었다. 그때야, 어린 시절 공무원이었던 부모님이 다른 형제들은 데리고 다니면서 나만 늘 고향의 할머니와 숙모 곁에 둔 이유를 알 것 같았다.

숙모의 깊은 한숨과 눈물이 베틀의 용머리에서 부서지는 것을 바라보며 자랐다. 왜 그렇게 한숨을 내쉬며 소리 죽여 우는지 몰랐다. 그 소리 때문에 알밤 떨어지는 소리를 들을 수 없는 게 마땅치 않았다. 개수가 맞지 않을 땐 온종일 밤나무 아래 풀숲을 헤집고 다녔다. 베 짜는 소리와 한숨은 내 피 속의 가장 깊은 곳까지 녹아들어 지금도 온몸을 흘러 다니고 있다. 혼인 후 맏이가 태어나면서 합가를 하였다. 맞벌이 때문이기도 했고, 먼 훗날 있을 수 있는 가족 간의 이질감을 미리 없애자는 의미가 있기도 했다. 기왕 우리 몫의 어른이라면 연세를 더 드시기 전에 같이 살자는 아내가 고마웠다. 숙모 몸 하나 오면 되었으니 어려울 것도 없었다.

회갑잔치를 열어 대소가 어른들을 모신 후, 입적 사실을 알리고 홀로 살아오신 고달픔을 위로해 드렸다. 엄마라고 불렀으며 외롭고 불쌍한 어른이니 우리가 자식 노릇 잘하자며 아내와 다짐했다. 나보다는 아내가 더 살뜰하게 숙모를 받들었다. 아이들도 할머니가 없으면 하늘이 무너지는 줄 알았고,

숙모 또한 손자들을 치마폭에 달고 살았다. 아들은 내 아들 아니어도 손자는 내 새끼라며 사랑했다. 혼자 살던 숙모에게 슬하의 자식은 비교의 대상이 없는 보물이었다. 질투하고 부러워하는 노인들도 더러 있었다. 행복한 듯했다. 그러나 무능한 아들이 사업에 실패해 버렸다. 그 충격이 숙모에게 중풍으로 들이닥쳤다. 좌반신이 마비되어 움직이지 못했다.

우리 부부에겐 엎친 데 덮친 격이었다. 생활이 궁상스레 옥죄어 오니 제대로 된 치료를 해드릴 수가 없었다. 고민 끝에 복지사와 상의하여 요양원을 추천받았다. 세대를 분리하면 기초생활보장 수급자가 될 수 있으며, 경비는 나라에서 부담해 준다니 고마웠지만, 섣불리 말을 꺼낼 수 없었다. 행여 버려진다는 마음의 상처를 줄까 두려웠다. 생활의 궁핍과 힘든 병시중 때문에 요양원으로 가자는 것은, 이제 겨우 가족이 무엇인지 안 숙모에겐 너무 잔인한 일이 될 것이었다. 그렇다고 모두 출근한 빈집에 나무토막처럼 던져둔다는 것은 더욱 아니었다. 조금씩 말을 나누어, 달포 넘게 뜸들여 어렵게 말을 꺼내니 뜻밖에 담담하게 받아들이셨다. 도리어 복지사의 설득으로 이미 마음 정리를 하였으나 차마 우리 부부에게 말하지 못하였다고 했다. 조금이라도 나은 시설을 찾고자 여러 날을 뛰어다닌 끝에 팔공산 갓바위 아래의 한 요양원으로 결정하였다. 입실한 어르신 중 한 사람이 운명해야만 자리가 난다며 기다리라더니 오늘이 그날이다. 어느 어르신이 모진 삶을 마감했는가 보다. 심란하다.

　아주 예전에 고려장이란 게 있었다. 첩첩산중에 늙고 병약한 노모와 지게를 함께 버리고 돌아서려니 따라온 자식이 지게를 지더란다. "왜?"하고 물으니 나중에 아버지 버릴 때 쓴다고 했단다. 늙고 병든 어른 제대로 봉양하지 못하여 고려장하듯 맡기고 돌아서는 내 무능이 너무도 참담하다. 아무리 버린 게 아니라 말한다 한들, 장차 돌아올 내 자식들의 이목이 두렵다. 비라도 한줄기 내렸으면 좋으련만 오늘따라 유난히 노을이 붉다. 노을을 따라 저물어 가는 숙모의 황혼이 엿보인다.

사름

고추가 하얀 꽃을 조롱조롱 매달기 시작했다. 가녀린 듯하면서도 끈질긴 생명력이 신기하고 고맙다. 아내에게 최소한의 체면치레는 할 수 있겠구나 싶기도 하다. 불로동 꽃집에서 여러 종류의 모종을 팔고 있었다. 한 포기에 이백 원, 종류와 관계없이 천원 단위로 골라 가란다. 고추 세 포기, 오이 세 포기, 천 원어치 사면서 한 포기는 덤으로 얻었다. 매운 고추는 내가 좋아하고 오이는 아내가 좋아한다.

새 생명이 예뻐서 사긴 샀는데 막상 심을 데가 마땅치 않았다. 땅이야 죽어야만 두어 평 생길 신세이니 생각지도 않았지만, 큰 화분마저 전부 없애버렸다는 것을 깜빡했다. 사업이 부도나니 살림살이가 서글프기 짝이 없다. 궁리 끝에 작은 난 화분에 심기로 했다. 크고 화려한 화분이 상당히 많았는데 작은 셋집으로 이사하려니 그건 모두 사치고 허영이었다. 살아가면서 꼭 필요한 세간만 남기고 모두 버렸다. 이삿짐 센터에 공짜로 내주니 인부들은 입이 귀에 걸렸고 아내는 슬쩍슬쩍 눈가를 닦아 냈다. 그러면서도 작은 난 화분 몇 개는 챙겼다. 오랫동안 정성스런 손때가 묻은 것이었다. 난이 피면 집안에 번지는 향기에 온 식구들이 들뜨곤 했지만 이사한 첫 겨울에 다 죽고 말았다. 복잡하고 심란한 마음이었기에 관리를 제대로 해주지 못한 탓이었다.

그 작은 난 화분에 고추와 오이를 심었다. 아내는 무슨 가당찮은 짓이냐, 그 작은 데서 뿌리나 제대로 내리겠느냐며 한심하다는 눈으로 나를 흘겨보았다. 스티로폼 상자라도 큼직한 것으로 구해와 옮겨 심으란다.

"작다고 살지 못한다는 법 있느냐? 흙 있고 물 있으면 사는 거지, 죽고 사는 건 제 운에 맡기고 심어 놓기나 해보자."

그랬던 것이 사름을 하는 듯하더니, 어느새 고추는 하얀 꽃을 매달았고 오이는 잎사귀 수가 늘어나면서 앙증맞은 넝쿨손을 내밀어 베란다 난간을 잡고 섰다. 지주대라도 튼튼하게 만들어 줘야 흔들림 없이 잘 자랄 것이다.

그놈들에게 내가 해준 거라곤 고작 물밖에 없다. 달리 넣어 줄 거름이 없으니 물이라도 자주 줄 수밖에……. 그런데도 그놈들이 제 좁디좁은 영토 안에다 뿌리를 내리고 싱싱한 얼굴로 손을 내미는 것을 보니 감탄스럽고 미안하다. 주인을 잘 만났으면 넓고 시원한 밭에서 충분한 영양을 섭취하며 땅속 깊이 뿌리를 내릴 수도 있었을 것이요, 옹골찬 열매를 주렁주렁 매달고 하늘을 향해 힘껏 가슴을 내밀 수도 있었을 것이다. 그러나 지금은 한 줌의 흙에 전신을 의지한 채 궁박한 삶을 시작하려 하고 있으니 주인의 못남이 새삼 더 부끄럽다.

십수 년을 운영하던 사업이 부도로 끝을 맺은 지 삼 년여, 좌절과 광란의 시간이 함께 흘러갔다. 한때는 내 생명까지도 포기하려 했다. 나는 내가 세상이란 광장에 제법 착실하게 뿌리를 내린 줄 알았다. 꽃을 피우고 열매도 주렁주렁 열리리라 생각했다. 그러나 그건 엄청난 착각이었다. 국가 경제위기의 격한 풍랑은 불과 몇 달 만에 내 모든 걸 휩쓸어 버렸다. 뿌리가 뒤집힌 사업은 차츰 시들기 시작했고, 몇 년을 더 버틴 끝에 결국 부도로 처리됐다. 내 아둔함이 일을 더 어렵게 만들었다. 과욕과 집착은 빨리 버릴수록 좋은 것을, 쉽게 포기할 수가 없었다.

낙심한 내게 술은 좋은 친구였다. 몇 달간 둘만의 밀회가 이어졌다. 그사이 노모는 중풍으로 쓰러지고 아내는 그런 모친과 함께 말없이 백일기도를 올렸다. 기도하랴, 간호하랴 정신없는 와중에도 제발 중심 잡으라고, 냉정해지라고 호소했지만 나는 술만 마셨다. 그 기도의 효험인지 주위의 지인들로부터 다시 사업을 시작해 보지 않겠느냐는 제의가 왔다. 오랫동안 지켜봐 온 지인들의 속 깊은 배려였다.

다시 시작했지만, 아직 내가 가진 공간과 영토가 저 난 화분보다 적다. 저들은 이미 사름을 끝내고 열매를 맺을 준비를 하지만 나는 아직 사름 중이다. 아침마다 물 주는 것이 습관처럼 되었다. 작디작은 영토지만 열심히 자라 열매를 맺었으면 한다. 오늘 아침도 나는 내게 힘을 주는 심정으로 고추와 오이에 물을 준다.

해후

"형님~"

"아이고 새댁아, 이 사람!"

만나자마자 서로 눈물부터 글썽였다. 얼싸안지는 못하지만 맞잡은 손의 힘줄이 가늘게 떨렸다. 휘청거리는 다리로 겨우 버티고 선 여든다섯의 윗동서는 휠체어에 앉은 여든넷의 아랫 동서가 아직도 애처로운 새댁이다. 깊게 파인 두 어른의 주름 사이로 매화 바람이 불고 지나간다.

"자 회포는 천천히 푸시고 올라갑시다. 업히소."

나는 엄마가 둘이다. 생모와 숙모. 생모께는 피와 살을 받았고 숙모께는 호적을 받았다. 생모는 삼남삼녀의 자식이 있지만, 숙모에게는 아무도 없다. 결혼하자마자 사상범으로 체포되어 옥살이 떠난 남편을 기다리다 호호백발의 할머니가 됐다. 좌익 활동에 바쁜 남편 때문인지 잉태 한 번 해보지 못했다. 감옥에서 죽었다는 풍문은 들었지만 육이오 와중이어서 확인할 수 없었다. 아직도 호적엔 '복역 중 행방불명'으로 남아 있다. 개가하라는 권유도 많았지만, 나를 임신한 윗동서에게 '아들 낳으면 나 주시오,' 했단다. 몸 하나가 전부인 아랫 동서가 불쌍한 어머니는 '그래 그렇게 같이 살자' 했고……. 숙모가 베틀에 앉아 흐느끼듯 읊조리던 한탄이 아직도 내 귀를 감돈다. 그래도 나는 그때 그게 무슨 뜻인지, 또 내가 두 어른에게 어떤 의미인지 모른 채 자랐다.

열여덟 무렵 호적등본을 떼어본 나는 큰 범죄를 저지른 줄 알고 가슴이 철렁 내려앉았다. 아버지 밑에 있어야 할 내 이름에 빨간 줄이 가위표로 그어져 있는 것이 아닌가! 다른 형제들은 모두 제자리에 차례대로 정리되어 있는데 나만 없었다. '000의 자로 입적'이란 단어가 엄청나게 크게 보였다. 어른들은 내게 말 한마디 없이 그렇게 관계를 정리해 버렸다. 어릴 때부터 생모는 숙모를 엄마라 부르라 하고 숙모는 생모에게 잘하라 시켰다. 그때야 그 의미가 어렴풋이 느껴졌지만 이건 아니다 싶었다. 나만 고향에 남겨둔 것이며, 가끔 만나면 무심한 척하던 어머니가 야속했다. 왜 하필 내가 숙모를 책임져야 하는지도 받아들이기 어렵고 억울했다. 그 일로 다투다 도끼로 마루를 내리친 적도 있었다. 생모는 내 손을 꼭

잡았고 숙모는 울기만 했다. 마음의 문을 열기가 어려웠다.

결혼한 후에야 숙모를 모시기 시작했다. 기왕 우리 몫의 어른이라면 애들 자라기 전에 정붙이는 게 좋다는 아내의 권유가 큰 몫을 했다. 신기할 정도로 고부간의 사이가 좋았다. "아들은 내 아들 아니어도 손자는 내 손자다."라며 숙모 또한 아이들을 지극히 보살폈다. 아비는 엄마가 둘이지만 아이들에게 할머니는 숙모 하나뿐이었다. 이게 내게 주어진 운명이라면, 숙모와의 인연이 필연이라면, 그래 받아들이자. 조금씩 마음의 문을 열고 엄마라 부르기 시작했다.

숙모에게 중풍이란 병마가 덮친 건 내 사업이 무너진 직전이었다. 좌 반신이 마비되어 혼자서는 거동을 할 수가 없어져 버렸다. 엘리베이터가 있는 아파트에서는 그래도 그럭저럭 모실 수 있었지만, 집을 은행에 내어주고 단독주택 이층으로 옮겨가니 도저히 생활할 수가 없었다. 이층이 마천루 꼭대기보다 높았다. 아무리 생각해도 묘책이 없어 사방으로 수소문하니 요양원이 괜찮단다. 현대판 고려장이지 그게 어디 할 짓이냐며 버텼지만 옥죄는 곤궁에 달리 방법이 없었다. 복지사의 주선으로 은행잎이 노랗던 어느 날 갓바위 아래의 요양원으로 모셨다. 그날 노을이 왜 그렇게 붉었는지 모른다.

이후로 두 어른의 왕래가 끊어져 버렸다. 사백 리의 거리를 두고 살았지만, 숙모는 생모가 사는 고향을 자주 찾았다. 두

고 온 정이 몹시 그리웠던가 보다. 형님이 보고 싶다며 찾아
가고 전화하고, 그러다 사이가 뜬다 싶으면 왜 안 오느냐고
전화 오고, 그러면 또 찾아가고……. 그러다 숙모는 몸이 그
렇게 되어 버렸고 생모는 아버지가 돌아가신 충격으로 탈진
해 버렸다. 서로가 보고 싶다는 말만 되뇔 뿐, 수화기를 귀에
대 줘도 통화할 수 없는 지경이 되어 버렸다. 서로 만나게 해
드리고 싶어도 건강이 회복될 때까지 기다릴 수밖에 없었다.

　오 년여 지내던 낡은 셋방에서 연립주택 오층으로 이사했
다. 살림살이 정리가 대충 끝나자마자 나와 아내는 두 어른께
집 구경을 시켜드리고 싶어 안달이 났다. 몇 년간 애물단지
노릇을 톡톡히 했으니 우리 사는 것 보여 주면서 안심시켜 드
리고 싶었고, 묵은 그리움을 풀어드리고 싶었다. 다행히 건강
이 조금 좋아지셨으니 장거리 여행이 가능할 것도 같다. 형님
께 상의하니 한번 해보자며 흔쾌히 응한다. 그런데 문제는 오
층 건물이라서 엘리베이터가 없다는 것이다. 업고 올라오는
수밖에 다른 방법이 없다. 아들들은 서로 제가 업겠다고 나서
지만 저들에게 맡기긴 싫다. 내 짐, 내 업을 자식에게 넘기는
것 같아 전혀 내키지 않았다. "고맙지만 신경 쓰지 마라, 이
아비도 아직 할머니 두 분 업을 힘은 있다." 거의 동시에 집
앞에 도착한 두 분의 해후에 콧날이 찡하다.

　생모는 달팽이처럼이라도 걸을 수 있으니 부축하기로 하고

숙모를 업었다. 반쪽 몸을 쓸 수 없으니 업힌 상태에서 중심이 잡히지 않는다. 생모와 숙모 사이에서 겉돌았던 내 모습이다. 성한 오른팔이 온 힘을 다해 어깨를 감싸 안는다. 다시는 놓지 않을 듯하다. 삼층 사층 올라갈수록 다리가 무거워진다. 숨이 가빠지지만 "미안타!"를 연발하는 숙모가 더 무안해 할까 태연한 척한다. 무겁다. 무겁고 힘들다. 이 무게가 숙모와 나의 삶의 무게이며 인연의 무게인가 싶다. 현생에서의 인연은 전생에서부터 시작된다는데 숙모와 나는 어떤 관계였을까? 생모와 숙모는 무엇이었으며, 아내와 숙모는 또 무엇이었을까? 그 모든 인연의 업이 내 등에 업혔다.

기어코 옆에 누워 같이 자잔다. 두 어머니와 한 이부자리에 들어 보는 건 처음이다. 아내와 나의 손을 번갈아 잡으시며, 생모는 "잘 못 해줘서 미안하다." 숙모는 "짐이 돼서 미안하다."를 반복하신다. "아닙니다, 못난 자식이어서 부끄럽습니다. 늙은 부모 마음 고생시키는 제가 불효자입니다." 이런저런 이야기로 밤을 밝힌 새벽, 생모가 꿈결같이 이야기했다.

"새댁아! 우리가 언제 또 보겠나, 다음에는 먼데 가서 만나자"

"형님~"

삼대

시각장애를 가진 아들과 아버지가 노래하는 장면이 TV에서 방영되고 있다. 아들의 목소리와 얼굴이 아침 햇살처럼 밝다. 정상인인 아버지는 빙그레 웃기만 하고, 장애인인 아들은 장애를 극복하며 살아가는 눈물겨운 이야기를 전혀 눈물겹지 않게 명랑히 한다. 아버지의 얼굴을 볼 수 없어 섭섭하지 않으냐는 사회자의 질문에 "눈을 마주보며 이야기를 나누지는 못하지만 항상 마음을 마주보고 있으니 행복해요."라는 답이 이어진다. 마음을 마주본다? 마음을 마주본다! 갑자기 가슴이 터질 듯 먹먹해진다.

아버지에게 장문의 편지를 쓴 적이 있었다. 그때 나는 세상의 모든 것이 혼란스러웠다. 간절히 하고 싶은 글쓰기가 있었지만 나 혼자서는 해결할 수 없었다. 하고는 싶고, 할 수는 없는 현실에서 날마다 흔들렸다. 그럴 때마다 아버지에게 편지를 썼다. 아버지는 내게 큰 산이었다. 일 년 정도밖에 같이 살지 않았지만, 공무원으로 봉직하며 시를 즐겨 쓰던 아버지의 그림자는 내 마음 깊은 골짜기까지 드리워져 있었다. 나도 아버지처럼 시인이 될 것이다! 하지만 나는 화공약품상 점원이었다. 먹고살기 위해서 자전거로 배달하러 다녀야 했다.

아버지는 한 번도 답장을 주지 않았다. 어떻게 살 것인가를 묻는 아들에게 아버지는 전혀 앞길을 이야기하지 않았다. 아들은 시인이 되라는 아버지의 격려를 듣고 싶었지만, 무슨 이유인지 아버지는 침묵했고 무언의 시간만 무심하게 흘러갔다. 나약한 내 젊음이 싫어 자포자기에 빠질 즈음, 아버지에게서 편지가 왔다. "네 자신을 증명하라!" 이것이 전부였다. 편지지의 여백이 너무나 크게 보였다. 네 자신을 증명하라! 네 자신을 증명하라! 아버지가 돌아가시고 지금의 내가 그때의 아버지보다 더 나이가 많아진 지금도 이 말은 평생의 화두이다.

화공업에 종사하여 남부럽지 않게 성공했지만, 화학 이론을 모르는 것이 항상 마음에 걸렸다. 이론을 안다면 개발할 부분도 많았고 사업을 훨씬 더 발전시킬 수 있을 것 같았다. 아들에게 화학을 전공시키기로 마음먹었다. 업계에 화학을 전공한 아들이 회사를 더욱 발전시키는 경우가 더러 있으니,

나도 그렇게 더욱 탄탄한 사업체를 만들고 싶었다. 아들의 이론과 아비의 현장 경험을 결합하면 안 될 일도 저절로 풀릴 것 같았다.

아들과 아내는 내키지 않은 것 같았으나 고집스럽게 밀어붙였다. 아들은 교사가 되고 싶어했다. '꿈은 살면서 만들어 가는 것, 월급쟁이보다는 사업을 물려받아라, 그게 훨씬 더 윤택한 삶을 살 수 있다. 교사는 아무나 하는 게 아니다. 웬만한 인내나 사명감 없이는 할 수 없는 직업이다. 어렵게 살지 말고 편하게 살아라.' 아들은 삭발로 항의했지만 나는 끝까지 못 본 척했다. 아들의 미래를 위해서는 내 생각이 옳다고 판단하고 있었기 때문이었다.

교육자를 원했던 아들을 화학도로 변화시킨 후 모든 것이 더욱 자신만만했다. 아들도 열심히 하는 듯했다. 그러나 나의 과분한 욕심과 국가 경제위기가 맞물리면서 사업이 산산조각이 나 버렸다. 삼십여 년의 공든 탑이 무너진 아픔도 컸지만, 아들에게 면목이 없어진 게 더 마음 아팠다. 나의 경험과 저의 이론을 합하여 더욱 탄탄한 사업체를 일구어 가자고 큰소리치며 고집부려 놓고, 이제 아버지가 실패해 버렸으니 기가 막힐 노릇이었다. 제 손으로 등록금이며 용돈 벌어 적성에도 맞지 않은 공부를 계속해야 할지 말아야 할지를 고민하는 모습을 볼라치면 쥐구멍에라도 들어가고 싶었다.

내가 지금 아들에게 '네 자신을 증명하라!'라는 말을 하면 아들은 어떤 반응을 보일까? 가끔 아버지를 생각한다. 과연 나에게 아버지는 무엇이었으며, 아버지에게 나는 무엇이었을까? 아들에게 나는 무엇이었으며, 나에게 아들은 무엇이었을까? 한 번이라도 마음을 마주본 적은 있었을까? TV 속 행복해 하는 부자의 모습은 볼수록 정겨운데, 네 자신을 증명하란 화두가 머리를 뒤흔든다.

어느 날의 풍경

　용산네거리를 건넌 차가 죽전네거리 앞에서 움직이질 않는
다. 편도 오 차선 대도로가 자동차로 꽉 들어찼다. 출근 시간
도 지났는데 비가 와서인지 사고인지 이유를 알 수가 없다.
중앙분리대에 심어져 있는 꽃나무의 갓 피기 시작한 망울들
이 안쓰럽고 측은하다. 방울방울 솜털처럼 부드럽고 영롱해
야 할 것들이 때 이른 봄비에 움츠러들었다. 정체된 차 안의
시간은 무료하다. 비까지 내리니 더 답답해진다. 물방울인지
꽃망울인지 알 수 없는 그것들이나 바라보는 수밖에 달리 방
법이 없다.

　조금씩 움직이던 앞차들이 이 차선으로 비켜서고 있다. 일
차선에서 사고가 났나 보다. 몰려든 차들이 천천히, 아주 천
천히 물굽이처럼 오른쪽으로 휘어지고 있다. '비 올 때는 조

심들 해서 운전하지, 누군지 고생 좀 하겠다.' 하며 중얼거리는 순간, 나는 뒤통수를 사정없이 얻어맞았다. 온몸의 힘이 풀렸다. 가슴이 답답해지며 주저앉고 싶었다. 부글부글 끓어오르다가 한없이 가라앉기도 했다. 사진 기술을 배워 두지 못한 게 엄청나게 후회스러웠다.

차마 눈뜨고 볼 수 없는 광경이 펼쳐지고 있었다. 비둘기두 마리였다. 한 마리는 이미 주검이 되어 널브러졌고, 다른한 마리가 이별의 비통함에 몸부림치며 사람을 못 가게 붙잡고 있었다. 주검을 중심으로 동심원을 그리다가, 팔딱팔딱뛰어오르다가, 생각난 듯 달려가 자동차 타이어를 콕콕 쪼으다가……. 어찌할 바를 모르고 있었다. 날갯죽지는 비에 젖어 축 늘어졌지만 전혀 상관하지 않았다. 한낱 미물이 연출하는 목불인견에 움직일 엄두조차 내지 못하고 멍하니 앉아있었다.

낯설지 않은 풍경이 다가왔다. 아버지가 돌아가시고 며칠후부터 우리 육 남매는 또 한 번의 초상을 준비해야 하나? 하는 고민에 빠졌다. 어머니가 삶의 의지를 놓아 버렸기 때문이었다. 음식은 거의 넘길 수 없었고, 온몸의 근육이란 근육은모조리 풀어져 버린 상태가 되어 일어나는 것은 고사하고 돌아눕는 것도 혼자 하지 못했다. 마른 논처럼 갈라진 입술로자꾸 엉뚱한 헛소리를 되뇌었다. '아버지가 저기서 손짓하며 부르는데 발걸음이 떨어지지 않는다.' 라며 울먹였다. 팔십이 넘은 노인의 앙상한 가슴에 눈물 같은 허전함이 하염없이 휘몰아치고 있음을 우리는 모두 알고 있기에, 연민으로 바라볼 뿐 아무 위로도 할 수가 없었다. 그렇게 모질게 몇 달을 앓고 난 후에야 겨우 일어나셨다.

열아홉에 약관의 남편과 혼인한 어머니는 육십 년이 넘는 세월 동안 아버지의 그림자였다. 육 남매를 건사하며 토담집을 기와집으로 바꾸고, 두어 마지기뿐이던 농토를 스무남은 마지기로 불려 놓는 동안에도 힘들다는 소리 한번 없이, 모든 게 아버지 덕이라 하였다. 오 년여의 병구완에도 자식들은 아예 근처에도 오지 못하게 했다. 틈틈이 시를 쓰시던 아버지가 어머니에게는 하늘이요 생명이었다. 아버지 외에는 세상의 어떤 것도 의미가 없어 보였다.

그런 어머니를 우리는 종종 '홍굴래뒷다리'라고 불렀다. 방아깨비란 표준어가 있지만, 고향에선 모두 홍굴래라 불렀다. 투명한 풀빛의 유선형 몸매에 잠자리 날개를 가졌으며 매끈하게 뻗은 뒷다리가 일품이다. 하지만 왠지 연약하고 슬퍼 보인다. 평상시에도 그랬지만 병상에 누운 어머니의 몸매, 특히 종아리는 완벽한 홍굴래 뒷다리였다. 그 몸으로 어떻게 험한 세상의 준령들을 넘어왔는지 모른다 싶으면서도 가녀린 종아리에서 배어 나오는 애절한 연민을 어찌할 수가 없었다.

비둘기의 늘어진 날갯죽지에 어머니의 종아리가 겹친다.

　이십여 년 전 사업을 시작했을 때 '너무 정직해서는 안 된다.' 란 주위의 충고에 아내는, '세상엔 그래도 착한 사람들이 더 많다. 나는 내 남편을 믿는다.' 라고 응수했다. '맞다, 가식과 위선도 배워야 할 것이다.' 라고 말하려던 나는 주춤했다. 어떻게 저런 멋진 말을 할 수 있을까! 세월이 흘러 부도가 났다. 지인들의 염려와 걱정이 많았다. 아내는 가타부타 한마디 없이 셋방으로 이사를 한 다음 날부터 전업주부를 청산하고 장갑공장으로 돈벌이 나갔다.

　자책과 회한의 시간이 이어졌고 다 귀찮아진 세상에 술만이 유일한 친구였다. 맑은 정신으로는 아무와도 만날 수 없었다. 모든 게 낯설고 사람이 두려워 항상 죽음을 생각했다. 제 스스로 심장을 멈추게 할 방법을 찾으니, 만취해서 동사하는 게 가장 좋았다. 다른 방법들은 시체가 모두 고통으로 일그러져 있지만 동사한 그것은 깨끗하고 편안해 보였다. 어서 빨리 겨울이 오기를 남몰래 기다렸다.

　보통 때는 '술 그만 마셔라! 담배 좀 줄여라!' 하던 사람이 일절 그런 말을 하지 않았다. 하나만 부탁하자고 했다. '죽지만 말아다오' 였다. 가계는 파탄이 나도 가정이 무너지는 일은 없어야 하며, 내가 자기 삶의 시작이자 마지막이라고 했다. 평소에 생각하던 것들이 아내 눈에 다 보였나 보다. 그 애잔한 표정이 마음을 추스르게 했다. 만약 내가 끝까지 나쁜 마음을 먹었다면 아내도 저 비둘기와 같았을 것이다.

빗방울이 점차 장마처럼 굵어진다. 비둘기는 계속 한쪽 날개를 늘어뜨린 채 주검을 맴돌고 있고, 내 머릿속에는 어머니와 아내가 맴돌고 있었다. 서로 보듬고 사랑하며 살아갈 날들이 얼마나 남았는지 모르겠지만 어느 날 갑자기 찾아온 이별에 몸부림치지 않는 그런 세상은 없을까? 눈앞이 온통 뿌옇게 흐려지는 건 창문의 습기 때문일까 내 마음 때문일까.

귀향

초등학교 이 학년이 되어서야 한글을 깨우쳤다. 그것도 선생님으로부터 손바닥에 불이 난 다음에야 말이다. 할머니와 둘만 있는 집에서 기역니은을 가르쳐 주는 사람도 없었고, 모른다고 애달파 할 사람도 없었다. 선생님께 혼이 나 본 건 그때가 처음이었다. 일 학년 때의 담임선생님은 해방 직후 학교 급사에서 선생이 된 사람으로 알아도 그만 몰라도 그만인 사람이었다. 뒷집 누나에게 물어 국어책 한 권을 하룻밤에 다 외웠다. 다음날 숙제검사 때, 눈은 선생님 바라보며 입으로 다 외우니 선생님이 난리가 났다. 번쩍 안아 뽀뽀해 주고 다독거려 주고…….

삼 학년 때 상이란 걸 처음 타 봤다. 교내 백일장이었는데 보리밭을 소재로 글을 지으라는 거였다. 우리집 옆의 보리밭을 본 대로 느낀 대로 적었는데 웬 공책을 한아름이나 주었다. 상장과 함께. 나는 무슨 의미인지 몰랐지만 할머니가 무척 좋아했다. 육 학년 땐 어느 신문사의 초등학생 대상 글짓기 공모에 담임선생님이 내 산문을 보내셨다. 얼마 후 교장선생님이 직접 금메달을 목에 걸어 주셨다. 학교 생긴 이래 전국대회 일등은 처음이라며. 그런 과정을 겪으면서 내가 가장 자신 있는 과목이 글쓰기가 되어 버렸다. 다른 공부, 특히 산수는 유난히 못 했지만 말이다.

고교 시절 마음 맞는 또래들과 어울려 문집을 만든다, 시화전을 한다, 야단법석을 떨었다. 생맥줏집이나 다방에서 판을 벌이다 학생 신분에 맞지 않는다며 꾸중을 듣기도 하고, 밤새워 철판을 긁고 등사기를 밀기도 했다. 왠지 그 시절은 자꾸 글이 쓰고 싶었다. 무언가를 쓰지 않는 시간은 무료하고 심심했다. 글 쓰는 직업을 가지고 싶었고, 글 아니면 다른 아무것도 의미가 없었다. 의미도 뜻도 명료하지 않은 순수문학이란 소리를 틈만 나면 지껄이고 다녔다. 그러나 삶의 벽 앞에 나는 너무 무력하고 의지가 약했다. 가고 싶은 ㅈ 대학의 문예창작과는 집안 형편상 보내줄 수가 없다고 했다. 내가 벌어서 공부하리라. 화공약품상 점원이 되었다. 입학금이 목표였다.

목표는 좋았지만 술 먹고 노는 재미가 더 쏠쏠했다. 일 년 후에는 ㅈ 대학을 갈 실력이 못 되어 서울 남산에 있는 방송

국 드라마센터에 응시했다. 그때 문예창작과가 있는 곳은 ㅈ 대학과 거기 두 곳뿐이었다. 사흘간 시험을 치르는 첫날밤, 서울에 살던 고향 친구를 만난 게 화근이 돼 버렸다. 이 친구가 지리 모르는 나를 데리고 남산에서 미아리까지 가 어느 여관에 들었는데 내 경비를 몽땅 들고 튀어버렸다. 시험이고 뭐고 미아리에서 미아가 되었다. 어찌어찌해서 겨우 찾아간 둘째 날은 시간이 늦어 시험은 보지 못하고 한겨울에 핀 남산의 사람 꽃만 실컷 구경하고 돌아왔다. 그 드라마센터 시험에 전국의 내로라하는 미녀는 다 모인 것 같았다. 포기하진 않았지만, 사회에 적응할수록 글 쓰는 시간이 줄어들었다. 돈이 최고의 선善인 상인들 틈새에서 글은 쓸데없는 사치였다.

　결혼 얼마 후 아내가 습작 노트를 불태워 달라고 했다. 일기 형식으로 적어 놓은 시 산문들에 섞인 첫사랑 이야기가 몹시 거슬렸던 모양이다. 결혼하기 전에 사실 글을 쓰지 않겠다는 약속을 했던 터이지만 나 자신을 없앤다는 기분이 들어 뭉그적거렸다. 다 지나간 것이니 추억으로 몇 가지만 남겨 두자는 설득에도 아내는 단호했다. 껍데기와 사는 것은 싫다는 거였다. 아내는 글쟁이를 좋아하지 않는다. 글을 좋아하지 않는게 아니라 글쟁이들의 명확하지 못한 삶의 셈법을 싫어한다. 아내는 흑백이 분명하고 모든 일이 아귀가 딱딱 맞아야 직성이 풀리는 계획적인 사람이다. 별이 한없이 맑은 어느 봄밤,

살구나무 아래 쭈그리고 앉아 몽땅 불태웠다. 내 모든 것을.

　내게 천재성이 없다고 느낀 것도 그때쯤이었다. 과학은 1%의 영감과 99%의 노력으로 이루어지지만, 예술은 99%의 영감과 1%의 노력으로 이루어진다고 나는 믿는다. 문학도 마찬가지다. 노력도 중요하지만 그보다 앞서 쓰고자 하는 대상에 대한 무한한 상상력, 안광이 지배를 철할 통찰력, 모든 것을 수용하는 이해력, 새로운 의미를 부여할 수 있는 철학적 사고력, 이 모든 것은 노력만으로 이루어지는 게 아니다. 타고난 천재성이 뒷받침되어야 어느 정도 가능하다. 아무리 뛰어난 무당도 신이 내리지 않으면 작두를 탈 수 없다. 신 없는 무당은 무당이 아니다. 신은 곧 천재성이다. 글쓰기도 이와 같다. 나는 아무리 생각해도 평범하기 짝이 없는, 오히려 둔재에 가까운 사람이니 이쯤에서 접자, 어줍잖은 글 쓴다고 허기나 풀풀 날리며 다니지 말고 돈 많이 벌어 문학회관이나 하나 세워보자. 글을 잊었다 까맣게 삼십여 년 동안.

　잊었지만 사실 잊어버린 게 아닌 모양이었다. 항상 무언가가 허전하고 허기졌다. 사업의 셈법은 항상 감상으로 기울었다. 미수금 받으러 갔다가 생활비 보태주기 다반사였다. 그래도 제법 사업가티를 내며 뛰어다녔지만 때때로 남의 옷을 입은 것처럼 거북할 때가 많았다. 삶이 휘몰아치는 마지막 길목에서 다시 글을 만났다. 삼십 년도 훨씬 넘게 묵은 감성의 앙금이 물속에 잉크 퍼지듯 하지만 그동안 너무 황폐해져 버렸다. 도무지 문법도 모르겠고, 상황에 딱 맞는 최적의 단어도 잊어버렸다. 가장 적절한 비유와 가장 알맞은 단어가 문장을 아주 풍성하고 매끄럽게 하는데 말이다. 그래도 이 글을 쓰는 시간은 고향에 돌아온 기분이다. 지난 세월 왜 알 수 없는 상실감이 있었는지도 알겠다. 이제 문학회관은 물 건너갔고 천재 아니어도 나는 좋다. 그저 다시 돌아온 고향에서 황폐해진 나를 치유하며 유유자적하고 싶다.

앉은 자리 꽃자리

　지하 삼층의 지하철 승강장에 썰렁한 공허함이 가득 차 있다. 십일월의 밤바람은 왜 항상 빚쟁이 같은지 모르겠지만, 남루한 마음일지라도 잘 갈무리해야 할 계절이다. 옷깃을 여며 앉은 의자 밑에 단풍 몇 잎이 떨어져 있다. 의외의 장소에서 전혀 예상하지 못한 엉뚱한 무언가를 만난다는 것은 항상 경이로운 일이다. 이것이 어떻게 여기까지 왔을까? 허허롭고 스산한 바람이 가슴에서 불어 나와 순식간에 역사를 가득 채운다. 아무리 낙엽이 휩쓸리는 계절이라지만, 여기는 지하 삼층의 콘크리트 동굴, 일층이나 이층이라면 또 몰라도 바람에 휘날려 올 자리는 도저히 아니다. 어느 등산객이 버리고 갔나 보다. 곱다고 꺾어 왔으면 끝까지 잘 갈무리할 일이지 여기다 버리고 가는 것은 무슨 심사란 말인가.

주워 들고 들여다보니, 그래도 역시 단풍은 단풍나무 잎사귀가 제격이다. 발그레하니 제법 곱지만, 그 팔자 한번 기구하다. 이왕 산천의 이파리로 태어났으면 지리산이나 설악산, 어느 영봉이나 골짜기를 수놓으며 신선처럼 살다가 어느 날 설렁 부는 바람에 승천하든지, 예쁜 여학생의 책갈피에 꽂혀 추억으로 남든지, 아니면 붉은 시심이 황홀한 어느 시인의 시구라도 새겨졌으면 더없이 좋으련만, 오늘 어느 무심한 손길에 의해 차디찬 시멘트 바닥에 동댕이쳐져 버렸으니 그 팔자 지지리도 궁상맞게 되어 버렸다. 오호 통재라! 승천도 추억도 거름도 못 되었으니 남은 세월 무얼 기다려 살아갈꼬? 고운 몸매 차가운 시멘트 바닥에 부서질 일만 남았구나! 더도 말고 덜도 말고 지금의 내 모습이로다.

내 삶이 뿌리째 뽑힌 시간이 있었다. 세상 어디에도 뿌리내려 안착할 곳이 없었다. 몸부림치면 칠수록 견고한 세상은 더욱 견고해지고 바람은 하늘 끝까지 세차게 불어댔다. 제법 굳은 땅이라 생각했던 모든 것들이 막상 세파 앞에서는 한 조각 나무배였으니, 잃어버린 자의 슬픔이 따로 있는 게 아니었다. 비애 슬픔 분노가 일상을 지배했다. 도망치고 싶었지만 가족을 버리고 그럴 수는 없었다. 죽어도 그 자리, 살아도 그 자리여야 했다. 세상의 찬 비바람을 막을 수만 있다면 무엇이라도 좋았다. 오랫동안 익숙했던 모든 것들을 기억하며 뭍에 기어이 뿌리를 내려야 하겠지만 도대체 아직 나의 뿌리는 튼튼해지지 않는다. 아니 어쩌면 혹 불면 날아갈 낙엽이다. 날이 갈수록 몸도 마음도 점점 더 바삭바삭해져 간다.

큰 아이가 회사를 그만둬야겠다고 한다. 직장생활을 삼 년쯤 하고 나니 또다시 갈등이 생기는 모양이다. 직장에 적응한다는 게 그렇다, 대체로 삼 개월, 육 개월, 일 년, 삼 년 단위로 갈등이 생긴다. 삼 개월쯤 하고 나면 무조건 싫다. 아직 자기 자신을 벗어나지 못하는 시기이다. 육 개월쯤 지나면 내가 이 일하려고 공부했나 싶은 자괴감에 빠지고 일 년쯤 지나면 모든 게 부도덕하고 부조리해 보인다. 삼 년이 지나면 과연 이 일로 내가 성공할 수 있을까, 다른 회사로 옮겨야 하지 않을까 하는 진로에 대한 회의에 빠진다. 개인의 적성과 특기에 따라 달라지겠지만 대체로 이런 과정을 극복해야 뿌리가 내려진다.

아이가 그랬다. 한 삼 개월 다니더니 적응을 힘들어 했다. 학교도 채 졸업하기 전이니 모든 게 생소하고 힘들 건 뻔했다. 남들 다 부러워하는 대기업이 아니냐! 삼 개월만 더 다녀 보라고 달랬다. 육 개월 정도를 넘기더니 그만둔다는 소리가 조금 뜸해졌다. 적응되는가 보다 싶었더니 일 년을 넘기고는 다시 다른 회사로 옮겨 보겠다며 마음을 못 잡았다. "어디 가면 신입사원 아니냐? 삼 년쯤 다녀 보고 정 아니면 다른 데로 옮겨라." "아버지 그러다 좋은 시절 다 지나가요." 집안 형편을 생각해서인지 확신이 없어서인지 더는 딴소리를 하지 않았다. 그러더니 또 갈등이 생기는 모양이다. 세상에 공짜돈이 어디 있으랴! 적응하기 쉽진 않을 것이다.

아이의 앞길을 막거나 꿈을 꺾을 생각은 추호도 없다. 인문계열을 지망하던 아이가 내 고집 때문에 이공계에서 고전하는 것을 보며 후회도 엄청나게 많이 했다. 단지 내가 걱정하는 건 이곳저곳 기웃거리다가 어느 한 곳에도 제대로 뿌리를 내리지 못할까이다. 살아온 날보다 살아갈 날이 훨씬 많은 상태에서 자칫 시위가 잘못 떠나버리면, 정상에서 영롱히 빛날 수도 있겠지만, 전혀 엉뚱한 골짜기에서 길 잃고 헤맬 수도 있다. 떠난 화살은 돌아오지 못한다. 어느 날 갑자기 삶의 미아가 되는 일은 나 하나로 끝내야 한다. 도전하는 젊음이 아름답다지만 나이들면 안다. 평범하게 제자리를 지킨다는 것이 얼마나 행복한가를.

얼마 전 파계사와 동화사 사이 순환도로에 산불이 크게 났다. 사람들은 불을 끌 생각은 않고 사진 찍기에 바빴다. 해마다 벌어지는 북새통이요 장관이다. 하늘을 덮을 듯이 위풍당당한 단풍을 보노라면 선경이 따로 없다. 군락 속에서 제각각 자태를 뽐내며 절정으로 치닫는 광경은 황홀하다 못해 신비롭기까지 하다. 그러나 골목에 홀로 서 있는 나무는 왠지 썰

령하다. 어쩌다 가을비라도 내리면 쫓겨난 강아지처럼 처량해 보인다. 사람도 있을 자리에 있어야 빛이 나고 단풍도 낙엽도 있을 자리에 있어야 더욱 돋보인다. 못 올 자리에 온 잎사귀 몇 개에 마음이 심란하다. 늙은 건지 약해진 건지 모르겠다. 어쨌든 오늘은 이것들이 제대로 썩도록 땅에 묻어 주든지 책갈피에 꽂아 주든지 해야 할 일이겠다.

제 2 부

싸움의 기술

부전자전

둘째 아이가 초등학교 이 학년 때 국어 숙제 검사를 하던 우리 부부는 까무러치게 웃지 않을 수 없었다. 선생님이 내준 문제는 아이의 어휘력과 상상력을 가늠해 보는 것이었다. 그 중의 하나에 쌍기역이 들어가는 단어 셋 이상을 적으라는 것이 있었다. 아마 선생님은 코끼리, 토끼, 까치 같은 단어를 기대했을 것이다. 그런데 둘째가 적어 놓은 답은 더도 덜도 말고 딱 석 자, '까, 끼, 꼬'가 전부였다. 황당하리만치 단순한 아이의 답변에 눈물이 나도록 웃었다. 이놈이 날 닮으면 안 되는데 싶으면서.

초등학교 오 학년이 될 때까지 나는 반대말이 무엇인지 이해하지 못했다. 반대말은 그냥 말의 앞뒤만 바꾸면 되는 줄 알았다. 장군은 군장, 태양은 양태, 바다는 다바⋯⋯, 그러니 선생님이 내주는 숙제 중에서 국어가 제일 쉬웠다. 내 생각에는 단어의 앞뒤를 거꾸로만 놓으면 그건 당연한 반대말이었다. 숙제가 어렵다고 쩔쩔매는 친구들을 보면 이해가 되지 않았다. 그 쉬운 걸 왜 어렵다고 할까? 지금 생각하면 웃기는 일이지만 그렇게 숙제를 해 가도 선생님은 "참 잘했어요."라는 도장을 쾅쾅 잘만 찍어 주셨다. 새로운 선생님을 만나지 못했다면 나는 아마 계속해서 반대말을 단어의 앞뒤만 바꾸면 되는 것으로 알았을 것이다.

선천적으로 조금 단순한 구조의 뇌를 가진 모양이다. 창의적인 상상력과 풍부한 어휘력은 어디서나 삶을 윤택하게 하는 도구가 될 것인데 도무지 먼 나라 이야기이다. 말을 매끄럽게 하지도 못하고 이해도 늦다. 이야기가 저만치 간 뒤에야 '아!' 할 때가 많다. 어떤 이는 그런 나의 '아!' 소리를 바보 도道 터지는 소리라며 놀리기도 한다. 생각이 단순한 것이 살기 편한 것인지 복잡한 것이 살기 편한 것인지는 증명된 바 없으니 모른다. 다만 둘째가 그런 날 닮지 않기를 바라지만, 갈수록 아닌 것 같다.

얼마 전 식구끼리 여행을 가는 차 안에서였다. 큰 아이가 수수께끼를 냈다. 산토끼의 반대말을 하나 둘 셋 하면 동시에 외치란다. 아내는 죽은 토끼, 둘째 아이와 나는 끼토산을 외쳤다. 산토끼의 반대말은 여러 개 있었다. 집토끼, 들토끼, 죽은 토끼, 알칼리 토끼, 그중에서 알칼리 토끼를 말하는 사람의 지능이 가장 높고 끼토산은 아예 측정할 수도 없는 바보란다. 얼떨결에 둘째와 나는 똑같이 바보가 되었다. 에휴! 언제나 단순무식한 이 부자를 어쩌랴!

천만다행

우리 부부는 침대를 사용하지 않는다. 한때 침대가 어떤지 궁금해서 잠깐 사용해 본 적이 있었지만, 곧 방바닥에 요 하나 깔고 자는 것이 가장 좋다는 것을 깨달았다. 침대란 게 아침에 일어나면 허리도 편하지 않고 등으로 전해 오는 따뜻한 온기가 없어서 싫기도 했지만, 가장 큰 이유는 자다가 떨어진다는 거였다. 몇 번 떨어지고 나서는 침대를 지인에게 선물로 줘 버렸다.

나의 잠버릇이 고약한 것은 절대 아니다. 아내가 고약하다. 추위를 많이 타는 사람이어서인지 웅크리고 잠든 채 어디든 온기가 느껴지는 쪽으로 파고든다. 요를 깔고 잠들어도 어느새 나는 침대에서 떨어지듯 요 밖으로 밀려나기 일쑤이다. 그래서 항상 내가 벽 쪽으로 눕는다. 잠들 때 벽과 제법 거리를 두고 눕지만 아침에 일어나 보면 완전히 벽과 하나가 되어 있다. 따뜻하다고 파고드는 사람에게 화를 내기도 뭣하고 해서 그럭저럭 넘어가지만 가끔 짜증이 나기도 한다.

아내의 추위는 유별나다. 나는 내복이란 것이 아예 없지만 아내는 국군의 날쯤 입기 시작하면 어린이날이 지나야 벗을까 말까 한다. 지나간 여름엔 자다가 일어나 싸운 적이 여러 번 있었다. 열대야를 견디지 못하여 에어컨을 틀어 놓고 잠들면 어느 틈에 꺼버렸다. 후덥지근하여 일어나 보면 온몸에 땀이 흥건한데 아내는 이불을 덮은 채 따뜻해서 좋단다. 사람 좀 살자! 나는 각방 쓰자며 신경질을 부리고, 아내는 섭섭하다며, 인정머리가 그렇게도 없냐며 울먹여 가면서 말다툼을 벌였다.

그것도 무슨 병이긴 병인 것 같아 병원이며 한의원을 부지런히 다녀봤다. 병원에서는 뚜렷한 병명이 없어 보약도 먹고 체질개선제도 먹고 해봤지만 어느 것도 소용이 없었다. 운동도 추워서 하지 못한다. 젊은 시절부터 지금까지 알 수 없는 동장군에게 지배당하고 있으니 아내에게는 원인을 알 수 없는 오랜 지병인 셈이다. 겨울이면 아예 바깥출입을 하지 않으려 하고 집에서도 겹겹이 껴입고 있다. 천재지변이나 타이타닉 같은 사건이 생기면 곧바로 저체온으로 죽을 것이라는 생각을 종종 한다.

아내는 추위 때문에 고생하지만 내게는 천만다행이다. 부부 사이 멀어지는 것은 잠깐이다. 주위에 술 냄새나 담배 냄새 때문에 각방을 쓰는 친구들이 많이 있다. 더러는 이혼하자는 말까지 나온다고 한다. 거의 매일 술 마시고 고주망태가 되어 들어간다. 나이가 드니 술 냄새뿐 아니라 입 냄새까지 온 방에 가득 찬다. 그래도 아내는 내 품이 따뜻하다며 잔소리를 하면서도 파고든다. 쫓겨나거나 이혼하기로 치면 나는 벌써 몇 번을 당했을 것이다. 부도로 빈털터리가 되었으면서도 술 담배나 즐기고, 태평스럽게 관리를 전혀 하지 않으니까 말이다.

부부싸움은 칼로 물베기란 속담에 박수를 보낸다. 웬만한 싸움은 아내가 품을 파고들면서 종료된다. 그래서 요즘은 병원에 가보자거나 약을 먹어보자는 소리를 일절 하지 않는다. 아내가 계속 추위를 많이 타야 내가 돈을 못 벌거나 온갖 냄새가 좀 나더라도 한결같이 파고들 테니까. 추위를 타는 아내나 그 병을 쉽게 고치지 못하는 의술은 내게 큰 다행이다.

부조扶助

　가을바람이 서늘하다 했더니 연일 불어오는 초청장 바람이
아예 정신을 얼얼하게 한다. 토요일 일요일은 다른 볼일을 볼
틈이 없다. 이 예식장에서 저 예식장으로 간간히 장례식장으
로, 몇 군데는 봉투만 보내기도 하지만 눈도장을 꼭 찍어야
할 데가 많으니 다람쥐 쳇바퀴 돌 듯 돌아다닌다.

　나이가 꼭 그때쯤인 탓이기도 하고 사업상 어쩔 수 없는 부
분이 있기도 하다. 오십에서 육십으로 넘어가는 수월찮은 비
탈길, 할 일은 많고 능력은 모자라는데 돈 나갈 일은 왜 그리
생기는지 모른다. 자식 혼사에 부모 흉사에 혹은 당사자의 불
행에 오가느라 몸과 마음이 바쁜 만큼 주머니는 훌훌 비어간
다. 그래도 그것에 품앗이 비슷한 성격이 있다고 하니 모른
체 하기도 어렵다. 어떨 땐 정말 하고 싶지 않은 품앗이가 있

기도 한데 그냥 넘어가면 왠지 찜찜하다.

가장 난감한 것은 눈인사 몇 번 나눈 거래처 부장이 장인상을 당했다며 보낸 문자나, 누군지도 모르는 과장이 아들 돌잔치 한다며 내미는 초청장이다. 통성명은 했지만 사돈의 팔촌보다 먼, 아무 은원관계가 없는 사람이라면 무시할 수도 있지만 이럴 땐 정말 난감하다. 하자니 절 모르는 시주 격이요 안 하자니 혹시 모를 보복이 두렵다. 그래도 거래처에 몸담고 있는 사람이 아닌가! 두 눈 질끈 감고 부조만 보낸다. 어차피 나의 조의나 축하가 필요한 것은 아니지 않은가. 어쨌거나 하고 나면 마음은 편하다.

부조에도 예의가 있다. 받아도 괜찮은 것이 있고 절대 받아서는 안 되는 것이 있다. 결혼이나 장례는 서로 도와야 하겠지만 돌이나 회갑은 아니다. 돌은 부모가 자식의 탄생과 무병장수를 축원하며 베푸는 최초의 잔치이며, 회갑은 자식이 부모의 은공과 만수무강을 기원하며 올리는 최후의 의식이다. 돌에 드는 경비는 오롯이 부모의 몫이며 회갑에 드는 경비는 자식의 몫이다. 자식이, 아니면 부모가 성의를 다해서 치러야 할 행사에 남의 도움을 기다리는 것은 오히려 서로를 욕보이는 일이다. 그런데도 버젓이 접수대가 있고 봉투가 오간다. 자식이나 부모 팔아 돈벌이하는 꼴이다.

얼마 전 집안 정리를 하다가 우리 부부의 결혼식 방명록을 우연히 발견했다. 1984년 00예식장. 신랑 000. 신부 000. 자못 근엄한 표정의 남녀가 팔짱을 낀 모습이 지금 보니 조금은 우스꽝스러웠다. 까맣게 잊어버리고 있었던 옛날 일이다. 하던 일을 제쳐 두고 읽기 시작했다. 몇 쪽까지는 누구 얼마 누구 얼마 나오더니 마지막 두 쪽이 가슴을 뛰게 했다. '00댁 막걸리 한 말' '00댁 감주 한 동이' '00댁 떡 한 시루' '00댁 묵 한 판' '00댁 쌀 한 말'

까마득한 유년시절로 거침없이 달려갔다. 동네의 어느 집에 큰일이 생기면 온 동네 사람이 다 모였다. 결혼을 하든 초상이 나든 사람들은 자기집에 있는 무언가를 들고 달려갔다. 여자들은 부엌에서 남자들은 마당에서, 어른들은 사랑방에서 무엇이든 일을 찾아서 했다. 아이들은 가능하면 부엌 앞이나 뒤란에서 놀았다. 놀다가 빼꼼이 안을 들여다보면 엄마가 부침개 하나쯤 치마 밑에 감추어 건네주곤 하였는데 눈치를 살피며 얼른 먹어야 했다. 먹을 것 많기로는 환갑잔치가 제일이었다.

농경시대에서 산업시대로 바뀌면서 전래의 문화와 정신이 너무도 많이 바뀌었다. 결혼이든 장례든 집에서 하는 것은 없다. 회갑이나 돌도 마찬가지이다. 공장에서 제품을 생산하듯 획일적으로 치러진다. 똑같은 공간에서 똑같은 음식을 먹고 건성의 조의나 축하를 전한다. 그리고 더러는 장차 일어날 자신의 길흉사 방명록에 은밀히 상대의 이름을 추가한다. 친인척에게까지 초청장을 수금의 개념으로 생각하는 사람이 있다니 무서운 일이다.

쌀 한 말, 감주 한 동이 마음으로 전해 주던 그 어른들이 문득 보고 싶다.

무엇이 들었을까

    한 무리의 중년 부인들이 지나간다. 직장인으로 보이는 젊은 아가씨들도 지나가고 대학생 차림의 더 젊은 여자아이들도 재잘거리며 지나간다. 꽃보다 더 화사한 차림이다. 긴 머리, 짧은 머리, 청바지, 정장, 제각각의 옷차림에 제각각의 모양새이지만 커다란 가방 하나씩 둘러맨 모습은 다 똑같다. 몇몇은 제 체구에 어울리지 않을 정도의 큰 것을 메고 있기도 하다. 필요해서인지 유행인지는 모르겠지만, 사람은 안 보이고 가방만 걸어가는 것 같아 그 모습이 조금은 부자연스럽다. 바람기 있는 사람이라면 남모르는 애인 하나쯤 숨겨 놔도 충분하겠다. 저 큰 가방 안에 무엇이 들었을까?

    지나다니는 여자들의 가방에 자꾸 눈길이 간다. 특히 중년의 여인들은 어떤 가방을 들고 다니는지가 궁금하다. 아내가 결혼기념일을 은근히 이야기하면서 며칠째 가방 타령을 하고 있기 때문이다. 결혼한 지도 삼십 년이 넘었고, 가방도 여럿 있는데 왜 항상 여자들은 그런 날 그런 것을 받고 싶어 하는지 모르겠다. 살짝 약오르는 것은, 같은 날 같은 시간에 둘이 결혼했는데 선물은 나에게만 요구한다는 점이다. 더러는 내게 선물을 주기도 하련만. 남녀평등을 그렇게 외치면서.

가방을 처음 들어 본 것은 중학교에 입학해서이다. 초등학교까지는 보자기가 가방이었다. 보자기에 책과 필통, 도시락을 둘둘 말아 어깨나 허리춤에 묶고 뛰어다니면, 도시락과 필통도 함께 신이 나서 달그락달그락 장단을 맞추곤 했다. 반찬 물이 배어 나오고 연필심이 부러지기 예사였지만 가장 그립고 행복했던 시절이 아닐까 싶다. 난방용 솔방울을 나른다든지 화단에 쓸 흙을 나르는 것도 보자기의 몫이었다.

가방에는 보자기에 없던 공간이 있었다. 공간의 공허함은 항상 사람을 외롭고 쓸쓸하게 만든다. 사는 것은 어쩌면 공간을 채우기 위한 몸부림인지 모른다. 열심히 그곳에 자기만의 무엇을 채워 놓아야 스스로 만족해 한다. 가방은 교과서만 담는 게 아니었다. 찬란한 꿈도 담고 비밀스러운 짝사랑도 담고, 빈자리 하나 없이 우정도 담았다. 때로는 눈물 찔끔 흐를 시 한 구절, 이해 못 할 철학 조금, 그래, 도시락도 있었고 담배도 있었다. 육 년을 버틴 그 가방의 칸칸에는 학창시절의 모든 것이 빼곡히 들어차 있었다.

가방을 파는 매장에 갔다. 뭐가 뭔지는 모르겠지만 명품이
란다. 가격표에 붙은 동그라미가 다섯 개는 기본이고 여섯 개
가 넘는 것도 수두룩하다. 어떤 것은 그보다 더 많다. 내가 보
기엔 그냥 그 가방이 그 가방일 뿐인데 가격도 만든 이도 다
다르단다. 자칫 가격에 대해 항의라도 했다간 시대를 모르는
아주 무식한 사람이 되겠다. 눈이 동그래지는 아내를 바라보
며 끓는 속에 뜨거운 커피만 들이부었다. 도대체 어떤 기능이
있기에 비쌀수록 더 잘 팔리는지 이해가 되지 않는다. 명품이
란 간판 아래 길게 줄 서 있는 사람들이 외계인처럼 보인다.

예쁘게 단장한 여자의 가방 안에는 무엇이 들었을까가 어
릴 때부터 궁금했다. 고운 원피스에 하이힐, 거기다 양산까지
든 아가씨라면 더욱더 그랬다. 언젠가 얼핏 예쁜 아가씨의 가
방 속을 본 적이 있었다. 분명 맑은 심성이랑 순결한 사랑이
한가득 들었을 것이라 상상했는데 그 안은 이외였다. 화장품
이랑 잡동사니밖에 없었다. 시집 한 권만 있었어도 실망하지
않았을지 모른다. 예쁜 얼굴이 혹시 성형인가 하는 생각이 들
기도 했다.

명품을 들고 다닌다고 다 명품이 되는 것은 아닐 것이다.
가끔 몸 팔아 명품을 구입한다는 뉴스를 접하면 기가 막힌다.
어쩌다 우리 사회가 이렇게 물질만능으로만 흘렀을까? 줄을

서서 기다리는 저마다의 심성이 명품보다 더 빛나는 명품이
었으면 좋으련만.

싸움의 기술

외출에서 돌아온 아내의 표정이 어둡다. 계모임에 간다며 밝은 얼굴로 나가더니 심통이 단단히 났다. 무슨 일이라도 있었느냐는 질문에 대꾸도 하지 않고 차려 주는 저녁 밥상엔 찬바람이 씽씽 난다. 사십여 년, 워낙 친하게 지내는 친구들이니 달리 기분 나쁘거나 다툴 일도 없으련만, 우중충한 얼굴에 금방 천둥 번개가 칠 것 같아 덩달아 숨을 죽인다.

"당신 빨리 돈 좀 벌어라." 뜬금없이 한마디 던지고 TV만 바라본다. 무슨 일이 있기는 있는 모양이다. 눈은 TV를 봐도 머릿속은 다른 생각으로 가득 차 있는 것 같아 불안하다. "당신이 그때 그 돈만 가져가지 않았어도……." 혼잣말로 나직이 중얼거렸지만 내 귀에는 드디어 치기 시작한 천둥 번개였다. 또 그 소리야? 갑자기 속이 부글거리고 신경질이 치밀어 올라온다. 돈 쓸 일만 있으면 그때 그 돈 타령이다. 앞뒤 사정 훤히 알면서 한두 번도 아니고, 한동안 좀 잠잠하다 했더니…… 왜 또 그 소리야? 치미는 대로 말 폭탄을 터뜨린다. 그러나 아내는 차분하다. 차분하게 조목조목 나의 사는 태도를 나무란다. 더 화가 치민다. 그동안 그 돈 때문에 여러 번의 언쟁이 있었다.

사업이 막바지에 다다랐을 때, 아내에게 남모르는 여윳돈이 있다는 것을 알았다. 아끼고 아껴 틈틈이 모은 아내의 비자금 팔천만 원, 그중에서 육천만 원을 빌렸다. 공갈 반, 협박 반, 구구절절 사정 반, 반드시 갚기로 약속했다. 이왕 안 될 거라면 일찍이 포기하자, 있는 돈 없는 돈 다 털어 넣지 말고' 라며, 아내가 간곡하게 여러 번 설득했지만 나는 최선을 다해보지도 않고 포기할 수 없었다. 그러나 미친놈처럼 쏘다닌 보람도 없이 결국, 아내의 돈을 갚지 못한 채 부도가 났다.

그때부터 걸핏하면 아내의 그 돈 타령이 시작되었다. 사업하는 사람이 그 정도도 예견하지 못하느냐? 갚지도 못할 걸 왜 가져갔느냐? 그 돈이라도 있으면 구멍가게라도 해볼 텐데 이제 어디서 뭐 먹고 살래? 돈에 맞춰 서글프기 짝이 없는 주택 이층으로 이사할 때나, 직장의 고단함에 짜증스러울 때나, 발전하는 친구들을 볼 때나, 항상 나는 원망의 대상이었다. 한번은 듣다 못 하여 그 돈도 결국 내가 벌어준 내 돈 아니냐

했다가 부부싸움만 걷잡을 수 없이 커지기도 했다. 자기의 조그만 행복과 자존심을 짓밟아 놓고도 미안해 하지 않는다고 울먹였다.

봐 놓은 옷이 있다는 한 친구의 제안으로 백화점엘 갔단다. 모두 예쁘다며 사는데 아내는 예정된 돈의 쓰임새 때문에 망설이다 결국 포기하고 왔단다. 게다가 한 친구는 자동차를 바꿨고 한 친구는 더 고급스러운 아파트로 이사할 예정이더란다. 오랜 시간 허물없이 지낸 친구들이라 자동차와 아파트까지는 별 감정이 없었는데 옷마저 사지 못하고 돌아서려니 내가 한없이 미워지더라는 거였다. 여윳돈을 가지고 살던 그때가 한없이 그리워지면서……. 으이그, 하나 사지 이 바보야! 집도 다시 사 줬는데 그깟 옷 하나 못 사주랴! 앞뒤 너무 사리는 아내에게도 화가 나고 그렇게 생각하게끔 한 나 자신에게도 화가 난다.

내가 상당히 감성적인 사람이라면 아내는 지나칠 정도로 이성적인 사람이다. 사리분별이 분명하며 해야 할 일은 무슨 일이 있더라도 완벽하게 처리해야 마음이 편해지는 사람이다. 돈 문제만 해도 그렇다. 나는 앞뒤 계산 없이 불쑥불쑥 저질러 버리지만 아내는 십 원짜리부터 계산을 세운다. 허투루 쓰는 법이 없다. 앞으로 있을 쓰임새를 고려하여 미리부터 안달을 부릴 때는 답답하기 그지없지만, 막상 그때가 닥치면 요긴하게 쓰일 뿐만 아니라 그렇게 준비해 놓은 아내가 고맙기도 하다. 그러나 가만히 있어 주면 고맙고 미안할 텐데 꼭 훈계를 하려 든다. 그럴 때면 나도 문제는 문제이다. 그저 조용히 고마움을 표하면 될 것을, 남자의 자존심에 큰 상처라도 입은 양 되려 먼저 화를 내니까 말이다. 말로는 절대 이기지 못한다는 것을 알면서도 번번이 참지 못한다.

아내와 말다툼을 하고 나면 마음이 몹시 불편하다. 무엇보다 똑같은 말이 되풀이되는 지루한 말싸움을 끝내고 싶었다. 좋은 방법이 없을까 생각하던 차에 논어에서 멋진 말을 찾았다. 불념구악不念舊惡! 옳거니 이거다! 말로는 안되니 글로 해 보자. 종이에 커다랗게 써서 화장대 위에 슬며시 올려놓았다. 무슨 뜻이냐며 의아해 하는 아내에게 지나간 일을 너무 연연해 하지 말라고, 백이숙제를 인용하여 하는 공자의 말씀이라고 했더니 알듯 모를 듯한 미소를 지었다. 그 돈 이야기 이젠 그만 하자는 내 속뜻을 알아차렸을까?

현관 신발장에 커다란 종이가 붙었다. "위산일궤爲山一簣, 물탄개과勿憚改過" 이게 뭐지? 아내는 내용을 설명해 주지 않았다. 그냥 찾아보고 혼자 이해를 하란다. 잘못하였으면 고칠 줄 아는 것이 인간이란 뜻의 물탄개과는 곧바로 이해하겠는데, 문제는 위산일궤이다. 공자는 태산의 한 소쿠리 흙을 비유하며, 쌓아올리든 깎아내려 평평하게 하던 자기완성을 설

파하였는데, 아내는 아마 돈을 모으려면 십 원이라도 아껴야 한다고 이해하는 것인지도 모른다는 생각이 들었다. 다시 생각하니 굳이 틀린 말도 아닌 것 같지만 머릿속이 복잡해진다. 논어 한 구절을 인용해 점잖게 타이르려다 더 점잖게 얻어맞은 기분이다.

콩깍지

어둠이 거리를 덮으면 택시를 탄다. 누가 이기는가 보자, 오늘은 담판을 보리라. 금방 끝날 것 같던 승부가 벌써 몇 달째냐! 보나마나 대문을 굳게 잠가 놓았겠지만, 그까짓 나무 틀에 함석 덧댄 것이 무슨 소용이랴, 대문이야 단지 법과 양심이 있을 때 제 역할을 할 수 있을 뿐, 그 집 딸을 강탈해 오려는 지금 나의 발길을 막을 장애물은 전혀 아니다. 언제나처럼 딸 데리러 왔다 하면 오늘은 또 어떤 반응을 보일까, 물을 퍼부을까? 문밖에 세워 놓고 아예 동태를 만들려 할까? 아니면 고민에 고민을 더하고 있을까? 하지만 그보다 더한 일을 당하더라도 나는 가야 한다. 그 집에 내편은 아무도 없으니 든든한 지원군으로 한 되짜리 소주 한 병을 동행시킨다.

필연이란 말만 머리에 맴돌았다. 병원에 들어섰을 때 첫눈에 보인 것이 희한하게도 '내 것'이었다. 친구를 만나기 위해 잠깐 들른 곳에서 영원한 '내 것'을 만날 줄은 전혀 예상하지 못했다. 다른 아무것도 보이지 않았고 생각나지 않았다. 왜 첫 느낌이 '내 것'이었는지 내가 생각해도 이해할 수 없는 충격이었다. 흰 가운을 걸친 간호사라서 예쁘다가 아니고, 그냥 무턱대고 '누가 뭐래도 내 것'이니 기가 막힐 노릇 아닌가! 그녀가 아니면 아무것도 아닌 내가 될 것이고 내가 아니면 아무것도 아닌 그녀가 될 것이란 걸 확신하는 데에는 그리 오랜 시간이 걸리지 않았다. 독신을 동경하던 내가 어디에서 그런 무모한 용기가 솟았는지 모른다. 그녀는 그렇게 계시처럼 강림했다.

도무지 틈을 내주지 않았다. 그녀의 마음은 호두껍데기처럼 단단했다. 어떻게든 껍질을 깰 방법을 찾아야 했다. 신뢰와 믿음을 주는 것이 중요한데 효과적으로 전달할 방법이 없었다. 마침 병원 앞에 과일을 파는 아주머니가 있었다. 그 아주머니 내게 과일도 무지 팔았지만, 정보도 많이 줬다. 결정적인 건, 내 것으로 만들고 싶으면 스물셋의 순진한 처녀이니 낭만적인 분위기로 끌어 보라는 조언이었다. 그래 그거다! 야간열차를 타고 진주로 가자. 나는 알고 있었다. 동대구에서 저녁 아홉 시 이십 분 진주행 열차는 진주가 종점이며, 다른 도시처럼 되돌아올 열차가 없다는 것을. 택시를 전세 내지 않는 한 그 밤 돌아오지 못한다. 낭만이 넘치는 밤 열차여행, 구실은 좋았지만 나는 내심 완벽한 내 것에 대한 음흉한 계산이 있었다.

진주로 열차 여행을 다녀온 이후 결혼을 하고 싶었다. 그녀와 같이 지낼 가장 합법적인 방법이 결혼 아닌가! 주위 모두의 축복을 받는 아름답고 행복한 결혼을 꿈꿨다. 퇴근길 골목으로 들어서면 된장 냄새, 고등어 굽는 냄새, 아이 달래는 소리, 그릇 달그락거리는 소리, 온갖 사람 사는 소리와 냄새가 내 갈망을 더 부추겼다. 오랜 객지 생활이 외로운 건 그녀나 나나 마찬가지였다. 그러나 결혼은 우리 둘만의 일이 아니었다. 그녀의 집에 인사를 갔다. 어림 반푼어치도 없는 이야기였다. 하긴 지금 내가 딸 가진 부모여도 나 같은 놈에겐 절대 안 준다. 배운 게 있나 가진 게 있나, 직장이 반듯하길 하나, 몸 하나가 전부인데 뭘 믿고 내 자식을 덥석 준단 말인가. 일언지하에 쫓겨나왔다.

도전하지 않으면 이루지 못한다고 했다. 홀어머니를 거역할 자신이 없으니 서로 잊자는 그녀의 호소가 본심이 아니란 것도 안다. 어쩌면 이게 내 생애의 가장 큰 시련이며, 반드시 넘어야 할 산봉우리일 것이다. 만약 넘지 못한다면 앞날은 어둠만 있을 것이다. 약해 빠진 마음으로 어디서 무얼 이룰 수 있으랴! 내 앞날은 내 의지로 내가 열어야 한다. 피하지 말고 부딪쳐야 한다. 어디에서 그런 용기가 솟았는지 모른다. 그녀 몰래 무조건 그 어머니를 찾아갔다. 좁은 시골이라 대낮에 갈 수는 없었다. 만에 하나, 일이 성사되지 않았을 때 소문이 흉으로 남을까 염려스러웠다. 이웃의 이목이 뜸한 밤에 가야 했다. 어머니와 나 사이에서 갈등하던 그녀는 거제도의 병원으로 잠적해 버렸다. 둘 다를 설득해야 했다.

장모는 완강했다. 처음엔 결혼할 나이가 되지 않았다 했다. 스물넷이면 부모 동의 없이도 결혼할 수 있다. 성이 같아서 안 된다 했다. 동성이어도 본이 틀리니 상관없다며 사례를 찾아서 정리해 줬다. 나이 차이가 커서 안 된다 했다. 네 살밖에 차이 나지 않는다, 네 살은 궁합도 안 본다더라. 안 되는 이유도 많고 대답할 이유도 많았다. 처음부터 갈 때마다 꼭 소주 한 병을 들고 갔다. 그것도 한 되짜리로. 염치 좋게 술상을 차려 달라고 했다. 어림도 없었지만 몇 달이 지나자 소반에 김치를 줄 때도 간혹 있었다. 항상 딱 한 잔만 하고 돌아왔다. 그렇게 겨울을 넘기고 봄이 되자 결국 허락을 했다. 그날 두 번 다시 이 집에 오지 않는다며 큰소리치고 나왔다. 그래도 고마운 건 끝까지 못 배웠다, 재산 없다, 직장 변변찮다, 소리는 하지 않았다.

삼십 년이 흘렀다. 그동안 봄 같은 겨울도 있었고 겨울 같은 봄도 있었다. 아직도 나는 일방통행식의 소통을 강요할 때가 많다. 그럴 때 아내는 "그때 진주만 안 갔어도……."라며 푸념을 한다. "그게 다 내 복이지, 나 같은 놈 만난 당신은 복이 없어." 아내로서는 한 대 쥐어박을 만큼 얄미운 소리겠지만, "그건 그래."라며 웃어넘긴다. 같이 웃으면서도 나는 내심 찔끔한다. 내가 생각해 봐도 나는 한심할 정도로 아내에게 잘해준 게 없다. 잘하는 거라곤 술 담배뿐이다. 요즘 기준으로 보자면 쫓겨나지 않은 게 신기하다. 아무리 술 냄새 담배 냄새를 풍겨도 추위를 많이 타는 아내는 내 몸이 따뜻하다며 품속을 파고든다. 우리 나이쯤엔 각방을 쓰는 부부도 많다는데 아내의 마음에 덮인 콩깍지는 술 냄새 입 냄새를 다 막아주는 모양이다. 나 같은 얼뜨기에겐 천만다행이다. 제발 죽을 때까지 벗겨지지 말았으면 좋겠다.

유전자 조작

고래산이란 이름이 엄연히 있지만 우리는 그냥 앞산이라고 부른다. 봉우리가 흘러내리다 멈춘 마지막 작은 둔덕, 그래도 온갖 나무가 무성하게 계절에 따른 치장을 하니 산이라 불러도 이상할 건 없다. 거기에 조상들의 산소가 있다. 할아버지 옆에 할머니, 그 밑에 아들 내외 또 그 밑에 손자 내외, 이렇게 오대가 소박하게 모여 있다. 의도적으로 조성한 것이 아니라 대를 이어오며 한 곳에만 산소를 쓰다 보니 자연스레 공원묘지처럼 되어 버렸고, 일 년에 몇 번씩은 가족 소풍지가 되었다. 집에서 십 분이 채 걸리지 않으니 아주 가벼운 마음으로 벌초나 성묘를 다닌다.

어느 해 가을, 버섯을 찾아 산속을 더듬다 두 젊은이를 만났다. 낫을 든 채 뭔가를 찾아 두리번거리는 모양새가 처음에는 몹시 섬뜩했다. 깊은 산 속에선 낯선 사람이 짐승보다 더무서울 때가 있다. 긴장했던 마음도 잠시, 젊은이들의 한마디에 웃음을 터뜨리고 말았다. "아저씨, 혹시 산소 못 보셨어요?" 이 심산유곡에 유택을 마련한 걸 보면 제법 '내가 내다'며 살았던가 보다. "아이구! 이 사람들아, 조상 잘 둔 덕에 고생한다."라며 웃다가 집안 동생 생각이 났다. 마을 대부분의전답과 임야는 동생네 소유였다. 위로 딸 다섯을 둔 부잣집외아들이어서 귀하기가 보석보다 더했다. 계절마다 바뀌는때깔 고운 옷이며 운동화가 부러워 많이도 업고 다녔다. 내몸에 맞지도 않은 그것들을 한 번이라도 걸쳐 보고 싶어서였다. 그러나 세월이 흐르면서 그 많은 재산은 다 사라지고 골짝골짝 흩어져 있는 산소와 제사만 남았다. 차마 버릴 수는없고 궁박한 살림에 관리하려니 애로가 이만저만이 아닌 모양이다. 벌초나 묘사 때는 볼 때마다 애처롭다.

호남지역, 특히 평야가 넓은 곳에서는 가까운 밭 어귀나 야산에 산소를 쓰는 경우가 흔했지만 우리 고향에서는 거의 그런 경우가 없다. 그런데 왜 우리 선조는 바로 집 앞에 유택을정했을까? 육 남매가 모여 앉아 우스개 토론을 벌인 적이 있었다. 명당이어서? 아니고, 후손들의 편의를 위해서? 아니고,장례비용이 없어서? 맞다! 고작 논 한 마지기에 밭 두어 뙈기밖에 없는 집안에 번듯한 선산이 있을 리 만무하고, 명당 찾아 2박 3일씩 상여를 메고 갈 형편은 더욱 아니니 그저 쉽게 앞산에 장례 지냈을 것이다. 삼대를 외동으로 이어왔다는 것과 대를 이은 재산이 거의 없다는 것이 우리의 심증을 더욱 확실하게 뒷받침해 주는 증거였다. 내가 열다섯까지 산 토담 초가는 항상 귀가 쟁쟁쟁 울리는 남루를 집안 가득 펼쳐 놓고 있었다. 신설되는 학교에 집터가 수용되지 않았다면 그 가난의 귀울림은 좀 더 오래 이어졌을 것이며, 중학교에서 교복을 입지 않았다면 오롯한 내 옷을 사는 일은 엄두도 못 낼 일이었다.

산소에 갈 때마다 "조상님! 가난하게 살아주셔서 고맙습니다."라며 우스개 인사를 드린다. 조상님이 들으면 "고얀 놈!"이라고 호통치실지 모르지만 우리에겐 정말 다행한 일이다. 가세가 넉넉했다면 분명히 좋은 자리 찾아 산꼭대기의 꼭대기까지 올라갔을 것이며, 우리는 일 년에 몇 번씩 산소를 찾아가느라 땀흘리며 쩔쩔매고 있을 것이다. 서로 힘든 곳 가지 않으려 미루기도 하면서…….

올해도 가을걷이 후 올리는 묘사는 가족 축제가 되었다. 가져간 제물들을 펼쳐 놓고 장기자랑으로 흥을 돋운다. "할머니부터 손주까지 삼대가 산소에서 즐길 수 있는 집안은 우리나라에서도 몇 없을 것이다 이게 다 조상님들 가난했던 덕이다."라며 농담할라치면 온 식구가 박장대소한다. 부부싸움

대부분은 배우자의 외도 때문이며, 형제 싸움의 가장 큰 원인은 재산 때문이라는데 우리 형제들은 싸울 일이 별로 없다. 다툴 만큼의 유산도 없거니와 특별히 재물을 모은 형제도 없으니 항상 마음이 가볍다. 유산 상속에 따른 형제간의 다툼이 우리에겐 이해할 수 없는 남의 나라 이야기이다.

어느 마을의 다리 밑에 거지 부자가 살고 있었다. 동네에 불이 난 것을 구경하던 아들 거지가 아버지에게 말했다. "아버지! 우리는 집이 없으니 불날 걱정은 안 해도 되겠네." 아버지 거지가 당당하게 말했다. "그래! 이놈아, 그게 다 애비 덕이니라." 어릴 적 할머니께 들은 이야기이다.

사람은 누구나 윗대로부터 물려받는 유전자가 있다. 우수한 인자는 우수한 쪽으로 발전하고 열등한 인자는 열등한 쪽으로 발전해 간단다. 나 역시 그 법칙에서 벗어날 수 없다. 물려받은 여러 유전자 중에서 빈곤의 유전자를 가장 많이 받은 것 같다. 형편이 조금 풀리려나 하면 꼬이고, 풀리려나 하면 꼬인다. 가난하다고 꼭 불행한 것도 아니며 재물이 많다고 더 행복해지지도 않는다는 것을 알면서도, 경제적인 여러 가지가 삶을 옥죄어 올 때는 뒤틀리는 심사를 어찌할 수가 없다. 가난이야 한갓 남루에 지나지 않는다고 어느 시인이 노래했지만 받지 말아야 할 유산을 덥석 받아 버린 느낌이다. 사주에 나와 있는 내 운명은 '밥을 굶을 정도는 아니지만 돈도 벌

지 못한다.'이다. 유전자 조작이란 용어가 세상을 떠들썩하게
한 적이 있었는데 나의 그것을 조작할 방법은 없을까?

산에서 내려오며 아내에게 말했다. "여기가 후손들 오가기
아주 좋은 명당이지만 우리는 나중에 화장해 버리자." "왜?"
"후손들 찾아와서 가난하게 살아 줘서 고맙다고 인사하면 대
답하기 난감해서……" 아내가 말없이 빙그레 웃었다.

두 사내

    사내의 동생이 맥주병을 내리쳤다. 유리조각이 사방으로 흩어지며 사내의 이마와 귀밑으로 피가 흘러내렸다. 순식간에 일어난 일에 여자들은 비명을 지르며 "오빠!"를 외쳤고, 남자들은 사내의 동생을 붙잡았다. 사내는 잠시 어안이 벙벙했으나 얼굴에서 흘러내리는 피를 보고서야 동생에게 당했음을 알았다. 어머니의 첫 제삿날, 팔 남매가 모인 자리에서 기막힌 일이 일어났다. "넌 이 자리에 올 자격이 없는 놈이야!" 동생이 외쳤고, "널 살인미수로 잡아넣겠다." 사내가 펄펄 뛰었다.

    분해서 견딜 수 없었다. 교회의 장로만 아니어도 동생과 사생결단을 내고 싶었다. 그러나 신분도 신분이지만 다른 동생들 때문에도 그럴 수 없었다. 동생들 모두 입을 모아 "병으로 머리를 때린 건 엄청난 잘못이지만 이쯤에서 덮어라, 영영 남으로 살래?" 하는 데는 별다른 묘책이 없었다. 두 주먹만 불끈불끈 쥐었다 풀며 제사에 참석한 자신을 자책했다. 사내의 아내는 절대 용서할 수 없다며 동생들을 향해 울분에 찬 울음을 울었고, 아들은 삼촌을 향해 주먹을 날렸다. 제사고 뭐고 온 집안이 난장판이 되어 버렸다.

한때는 팔 남매 모두 의좋은 형제자매였다. 긴 병과 노름으로 삶을 지새우는 아버지보다는 맏이인 사내를 중심으로 오순도순 한 지붕 아래에서 살았다. 그러던 어느 순간, 정확히 말해서 사내가 어머니를 집에서 내보낸 다음부터 남보다 못한 원수가 되어 버렸다. 결혼한 사내와 아내는 괜스레 어머니가 싫어지기 시작했다. 아버지가 돌아가신 마당에 계모와 일곱 동생을 책임질 이유가 없어 보였다. 돌도 되기 전, 생모를 사별한 사내는 계모의 보살핌으로 자랐지만 한번 싫어지기 시작한 후로는 걷잡을 수 없이 심해졌다. 먼저 아버지의 재산을 맏이인 제 앞으로 해달라고 윽박질렀다. 심성이 착한 계모는 집안의 분란을 막기 위하여 그대로 해주었고 제각각 객지로 나가 있던 동생들은 속사정을 잘 몰랐다. 재산이 모두 제 앞으로 넘어오자 어머니를 내쫓았다.

객지생활을 하던 동생은 어느 날 갑자기 어머니가 살던 집을 나와 오두막으로 옮기자 저간의 사정이 수상하고 의심스러웠다. 어머니가 잉태한 첫 자식이 지녀야 할 책임감이 느껴져 이것저것 알아보려 하였으나 어머니는 끝내 속 시원한 이야기를 해주지 않았다. 형제간의 다툼을 염려한 어머니의 마음이었으나 이웃들을 수소문한 동생은 결국 집 한 칸만 마련해 달라는 어머니의 애걸복걸도 아랑곳없이 쫓겨나다시피 집을 나왔다는 사실을 알았다. 속이 뒤집힌 동생이 낫을 들고 사내를 찾았을 때 어머니가 뒤따라와 한사코 말렸다. 어머니에겐 사내도 동생도 착한 아들이었다.

사내의 어머니는 항상 형제간의 불화가 일어날까 노심초사했다. 당신이 낳은 일곱 자식이 저마다 울분을 토해내도 절대 그런 사람 아니라며, 분명히 다시 착해질 것이라며, 기다려보자고 했다. 더 많이 배우고 더 잘 났더라도 맏이에게는 겸손하게 처신하라며 당부했다. 여섯은 눈물을 흘리면서도 어머니의 뜻을 따랐지만 동생은 도저히 그럴 수 없었다. 사내를 빼면 자기가 동복형제 중 맏이이기 때문에 막중한 책임감을 느꼈다. 어떻게든 사내에게 복수하고 싶어 여러 번 기회를 노렸지만 매번 속 시원한 해결을 보지 못했다. 어머니의 삶이 불쌍하다 생각할수록 감정의 골이 깊어 갔다.

어머니와 동생들을 우격다짐으로 정리한 사내와 아내는 곧 교회에 다니기 시작했다. 내 형제들보다는 교회에서 만난 형제자매가 훨씬 더 소중했다. 교회의 건축 헌금은 대출을 받아가면서도 몇 천만 원씩 했지만, 제 어머니에겐 몇 백 원의 용돈도 주지 않았다. 한마을에 살면서도 명절 때만 간혹 안부를 물어볼 뿐이었다. 동생들 아무도 사내를 찾지 않았다. 이미 모두의 마음에서 반쯤은 지워진 사람이었다. 그래도 사내는 집안의 맏이였다. 어머니의 간곡한 만류로 동생도 마음을 누그리며 가능한 한 부딪치지 않으려 노력하며 살았다.

사내의 어머니가 돌아가셨다. 사내는 은근히 교회식의 장례를 하고 싶었으나 동생들은 가당찮았다. 제사 문제도 마찬가지였다. 사내는 추도식으로 하자고 했고, 동생들은 제사를 지내자고 했다. 더 길게 고집했다간 이미 하고 있는 아버지의 추도식마저 제사로 넘어갈 판이 됐다. 가장 강력하게 제사를 고집하는 셋째가 아버지 어머니는 물론 사내의 생모까지 함께 지내겠다는 데는 할 말을 잃었다. 사내는 그때까지 자신의 생모 제사를 생각조차 해본 적이 없었다. 아버지의 추도식은 사내가, 어머니의 제사는 셋째가 지내기로 하는 기묘한 상황이 일어났다.

아침부터 사내는 제사에 가야 할지 말아야 할지가 고민스러웠다. 매사에 당차고 결단력 있는 그의 아내도 마찬가지인 모양이었다. 안가려니 동생들에게 또다시 몹쓸 사람이 될 것 같고 가려니 뭔가 모를 찜찜함이 있었다. 추도식이면 좋으련만……. 내외가 셋째의 집으로 가며 아들을 앞세웠다. 이런 일이 일어날 줄 알았다면 차라리 데리고 오지 않는 것이 좋았다. 아들은 서른이 넘도록 집안의 과거는 아무것도 모르고 있었으니 말이다. 이제 모든 것을 알아 버렸다.

이듬해 제사에는 사내도 동생도 참석하지 않았고, 동생들 그 누구도 둘의 불참을 이야기하지 않았다. 영정 속에서 항상 웃던 어머니의 얼굴만 우는 듯 마는 듯 일그러져 있었다.

거봉을 위하어

　일이 잘 풀리지 않거나 삶이 팍팍할 때 사람들은 흔히 말한
다. 시골에 가서 농사나 지어야겠다고. 그러나 그것은 농사가
세상에서 가장 하기 쉽고 편한 일인 걸로 착각하는 어리석고
물정 모르는 소리일 뿐이다. 세상에 쉽고 편한 일이 어디 있
던가. 각종 매스컴에서 연일 귀농 귀촌을 아름답고 고상하게
각색하여 내보내지만 절대로 그게 다가 아니다. 눈물 콧물 쏟
아 붓는 이야기는 쏙 빼 버린 주마간산이다. 적어도 나이 들
어서의 귀농 귀촌이라면, 하얀 모시 적삼 윗주머니에 오만 원
짜리나 십만 원짜리 수표 몇 장 잘 보이게 접어 넣고 읍내 다
방에서 희롱할 정도는 되어야 한다.
　농사를 짓는 형제가 여럿 있다. 형님이 고향에서 농사를 짓
고, 처남 셋과 동서 하나가 농사를 짓는다. 그러다 보니 철철

이 계절에 따른 푸성귀며 과일이 끊이지 않는다. 형제 잘 둔 덕에 돈은 없어도 먹거리 하나는 최고일 것이라며 아내와 우스갯소리 할 때가 많다. 아내는 장차 며느리 될 아이도 농사 짓는 집 딸이었으면 좋겠다고 한다. 시골에서 자랐으면 심성이 착할 것이고 어려운 일도 참을 줄 알며 저희 먹거리도 어느 정도 해결될 것이란 게 그 소망의 원천이다. 나도 그랬으면 오죽 좋으랴 싶지만 요즘 세상에 시골 아이 도시 아이 구별이 별로 없으니 '글쎄다' 싶다.

태풍 '볼라벤'과 '산바'가 연이어 지나간 포도밭은 엉망이 되어 버렸다. 비가림은 바람에 날아가 버렸고 수분을 한껏 빨아올린 포도는 제풀에 물러터지기 시작했다. 단맛을 본 초파리 떼가 태풍 속의 구름처럼 몰려들었다. 터진 알은 옆의 알까지 오염시킨다. 다 된 밥에 코 빠뜨리기도 정도가 있지 이건 정말 너무 심하다. '볼라벤'이 퍼부은 비가 짓무르게 하더니 그 수습을 다하기 전에 '산바'가 난장판을 만들어 버렸다. 사람에게서도 포도에서도 물이 줄줄 흐른다. 뭔지 모를 억울함이 치밀어 오른다. 봄부터 얼마나 정성을 다한 농사인가!

빨리 좀 오라는 동서의 전화가 온 것은, '산바'가 엄청난 양의 비바람을 동반한 채 내륙을 관통한다는 속보가 쏟아질 때였다. 얼마나 급했으면 나같이 어설픈 사람에게까지 전화했을까, 달려간 포도밭은 참 기가 막혔다. 천정을 덮었던 비닐은 넝마처럼 나부끼고 한 송이라도 더 따내려는 동서와 처형은 제정신이 아니었다. 굵고 탄탄한 거봉 알맹이가 겁에 질린 아이의 눈망울처럼 떨고 있다. 까짓 비바람이 대수랴! 하나라도 더 따내야 할 일이었다. 돈도 돈이지만, 물에 떠내려가는 자식을 그냥 두고 볼 부모는 없다.

세상의 모든 분야에 전문가가 있듯이 농사도 전문직이다. 자기가 짓는 농사에 강한 자신감을 보인다. 처남들은 복숭아와 대추 살구 등을 재배하고 동서는 포도 중에서도 거봉만 전문으로 오천여 평 한다. 거봉 이야기만 나오면 입에 거품을 물며 열변을 토한다. 거봉이 가격도 좀 높지만 가장 많은 기술을 필요로 함으로 자부심이 대단하다. 꽃이 지고 열매가 맺히는 순간부터 포도나무 밑을 벗어날 여가가 없다. 일일이 송이를 만들어야 한다. 오백 그램으로 키울 놈, 팔백 그램으로 키울 놈, 일 킬로그램으로 키울 놈, 여기에 가지치기 순치기 거름주기 물대기, 그 정성이 자식 키우는 것보다 훨씬 크다.

여기에 비하면 쌀농사만 하는 형님은 농부 축에 들지도 못한다. 그래도 생활은 형님이 훨씬 여유롭다. 공무원 퇴직연금으로 살기 때문인데, 귀촌의 표본처럼 보일 때도 있다. 흔히 '농자천하지대본'이라고 하지만 농민들은 매년 한해와 수해, 냉해에 시달리며 농사지어도 안정된 수입을 보장받을 수 없으니 전문가로서의 자부심이 항상 상처를 받는다. 재작년엔

봄 날씨가 너무 추워서, 작년에는 너무 무더워서, 올해는 태풍 때문에 살림살이 바람 잘 날이 없다. 농작물 보험이 있지만 거의 도움을 받을 수가 없다. 아무리 고도의 기술이 있더라도 하늘이 도와주지 않는 한 언제나 앉은뱅이 앉아 용쓰기밖에 되지 않는다.

　자랄 때, 일요일 날 비 오기를 학수고대했다. 농사 도와주라는 가정실습 또한 엄청나게 싫었다. 모심기 논매기는 거머리가 징그러웠고, 보리밭 매기나 타작은 땡볕과 보풀이 사람을 미치게 했다. 시골의 모든 일이 무지무지하게 싫었다. 그런데 그 싫은 일들이 요즘 내게 다시 일어나고 있다. 워낙 시골에 일손이 없으니 처남은 처남대로 동서는 동서대로 서로 도와 달라고 한다. 마냥 모른 척할 수는 없고 틈나는 대로 더 급한 쪽을 도와주러 간다. 가끔 비 쏟아지기를 기다리기도 하지만 안가면 오히려 궁금해진다. 나도 어쩔 수 없는 촌놈인 모양이다. 그나저나 올해도 실패했지만, 그래도 나무는 살아 있으니 내년을 기다려 볼 일이다. 흰 모시 적삼에 보란 듯이 현금 꽂고 다닐 날을 상상하면서.

제 **3** 부

은행털이

도둑 이야기

　오 학년 초에 전학을 했습니다. 한 학년이 한 반뿐인 조그만 학교에서 한 학년이 여섯 반 넘게 있는 군 소재지의 큰 학교로 말입니다. 나를 키우던 할머니는, 조그마한 학교에서도 매일 두들겨 맞고 다니는 손자가 큰 학교에서 적응하지 못하고 더 두들겨 맞을까 많은 걱정을 했습니다. 왜 두들겨 맞고 다녔느냐고요? 간단하게 이야기하면 형이나 누나가 없었기 때문이었지요. 내가 다니던 조그만 학교에는 다섯 동네의 산골 아이들이 다녔는데 거의 모두가 형이나 누나가 있었습니다. 어쩌다 싸움이 붙으면 어김없이 그 애의 형이나 누나가 달려와 힘을 합쳐버리니 아무도 없는 나는 몰매를 맞기 일쑤였습니다. 나에게도 형이 있고 누나가 있었지만 부모님을 따라 도시의 큰 학교에 다니고 있으니 아무런 도움이 되지 못했습니다. 우리 육 남매 중에서 나만 시골 고향에서 할머니와 살았습니다. 그러다 보니 학교에 가면 나도 모르게 왕따 비슷하게 되었던 거지요. 싸움할 엄두도 못 내고 먼저 피해버리고…….

참 신기하게도 전학한 얼마 후 글짓기로 큰 상을 받았습니다. 이름도 채 모르는 같은 반의 아이들이 내 곁으로 몰려들었습니다. 잘생겼다는 아이도 있고, 똑똑하다는 아이도 있고, 네 아버지가 군청의 과장이라지, 하며 부러워하는 아이도 있었습니다. 고향에서는 한번도 들어보지 못한 말들이었습니다. 나는 저절로 자신감이 생기고 어깨에 힘이 들어갔습니다. 대장이나 된 듯이 말입니다. 시골 학교와 친구 같은 건 금방 잊어버렸습니다. 친하게 지낸 친구가 있지도 않았지만요. 가끔 만나는 할머도 나의 훌륭한 적응을 대견해 했습니다. "진즉 전학시켜 줄 걸, 에미 애비 형편 살피다 보니……." 하시면서요. 나는 하루하루가 즐겁고 신이 났습니다.

친구들과 어울려 난생 처음으로 극장에도 가보고 포또도 해봤습니다. 캐러멜의 고소한 맛을 알았고 만화방에도 들락거렸습니다. 고향에서는 상상도 하지 못한 일이었습니다. 시골에서는 군것질거리도 별로 없었고 놀거리도 별로 없었지요. 고작 해 봐야 감, 밤, 고구마, 옥수수 뭐 그런 것들과 땅따먹기, 냇가에서 자동차 놀이, 굴렁쇠 굴리기, 비석 치기, 그렇게 노는 게 전부였습니다. 과자는 물론이고 껌도 귀했습니다. 껌 하나가 생기면 사흘쯤은 예사로 씹고 다녔지요. 그런 나에게 극장이나 만화방, 달콤한 과자는 정말이지 신기하고 재미있었습니다.

그런데 문제가 생겼습니다. 그 모든 놀이에는 돈이 필요했습니다. 시골에서는 놀이에 전혀 돈이 들지 않았지만 도시에서는 모든 놀이가 돈으로 연결되어 있었습니다. 돈이 없으면 극장에도 갈 수 없고 만화도 볼 수 없고 맛있는 과자도 먹을 수 없었습니다. 친구들에게 마냥 얻어먹을 수도 없고 한번쯤은 내가 돈을 내야 하는데 나는 십 원짜리 한 푼도 나올 데가 없었습니다. "너는 돈도 없냐?" 하며 몇 번 사 주던 친구들이 슬슬 은근한 압력을 가하기도 했지요. 그러나 우리집은 가난했습니다. 셋방 하나에 여섯 식구가 살면서, 공무원인 아버지가 산림 감시의 책임자인데 어머니는 연탄값을 아끼기 위해 몰래 나무를 하러 다니곤 했으니까요. 아버지의 월급으로 아홉 식구가 살기에는 턱없이 빠듯했을 겁니다. 용돈이란 게 아예 없으니 친구들과 놀기 위해서는 돈이 필요했지만 나는 돈을 마련할 방법이 없었습니다.

그러던 어느 날 우연히 장롱 이불 속에 돈이 있는 것을 보았습니다. 백 원짜리 지폐가 제법 많아 보였지요. 생전 처음 보는 많은 돈이었습니다. 가슴이 쿵쾅거렸지만 처음엔 그대로 두었습니다. 그런데 학교에 가서도 친구들과 놀면서도 그 돈 생각만 자꾸 났습니다. 다음날 몰래 장롱을 열어 보았지요. 돈이 그냥 그대로 얌전하게 있었습니다. 백 원만 꺼내 쓸까? 아니 그러면 안 되지. 설마 아무도 모를 거야. 그래도 안 돼. 몇 번을 망설이다가 참았습니다. 그런데 다음날도 또 그 다음날도 돈은 그대로 있었고, 몰래 꺼내어 쓰고 싶은 마음은 점점 뭉게구름처럼 피어났습니다. 돈 없다고 투덜거리는 친구들의 얼굴도 떠올랐고, 달콤하고 고소한 과자의 맛도 입에 침이 돌게 했습니다.

　덜덜 떨며 백 원을 꺼냈습니다. 들키면 혼난다는 죄책감도 많았지만 모처럼 친구들에게 한턱 쏠 수 있다는 게 더 자랑스러웠지요. 만화도 보고 캐러멜과 초콜릿도 사 먹었습니다. 엄마가 주셨다는 거짓말에 친구들은 엄청나게 부러워했습니다. 실컷 놀다 와서 저녁에 엄마의 눈치를 살피니 아직 모르는 것 같았습니다. 속으로 다행이다 싶으면서도 또 돈을 꺼내고 싶었습니다. 친구들의 유혹도 있었지만 처음으로 돈 쓰는 재미를 알아 버렸습니다. 그렇게 야금야금 돈을 쓰기 시작했습니다. 사람이 참 이상합니다. 처음엔 무섭고 떨리더니, 한 번 두 번 횟수가 거듭될수록 그런 생각이 없어져 갔습니다. 나중에는 당연한 것처럼 꺼내었으니까요. 그렇게 한 달쯤 동안 친구들에게 나는 왕이 되었습니다.

그날도 친구들과 놀다가 집으로 돌아왔을 때, 어머니가 부엌에서 칼을 갈고 있었습니다. 며칠 전 저녁 나와 동생들을 모아놓고 장롱 속의 돈을 못 보았느냐 물었기에 어머니의 눈치부터 살펴보았습니다. 별다른 내색이 없어 보였습니다. 그때 너무나 태연하게 시침을 뚝 뗐기 때문에 어머니는 내가 범인인 줄 모르는구나 싶었지요. 그날 어머니가 돈이 없어졌다며 몇 번을 다그쳤지만, 가슴이 콩닥거리면서도 나는 끝까지 모른다고 했습니다. 동생들도 어디로 가고 없고 조용한 집에는 엄마와 나 둘뿐이었는데 이상하게 칼 가는 소리만 점점 더 크게 들려왔습니다. 쓱싹쓱싹 왠지 자꾸 불안해졌습니다. 조금 후 칼 가는 소리가 그치는가 싶더니 어머니가 상을 들고 방으로 들어왔습니다. 상 위에는 날이 새파랗게 선 식칼이 놓여 있었습니다.

"너 똑바로 이야기해라. 또 거짓말하면 너나 나 둘 중에 하나는 죽을 거다."

나는 아무 말도 할 수 없었습니다. 이미 어머니의 기세에 질려 버렸으니까요. 무슨 말을 했다간 어머니가 어머니를 찌르거나 나를 찌르거나 할 것 같았습니다. 말없이 고개만 떨구었지요.

"이놈아! 그 돈이 어떤 돈인데……."

어머니가 등짝을 후려쳤습니다. 이제 나는 죽었구나 하는 무서움에 울어버렸지요. 엄마도 같이 끌어안고 울었습니다.

집세를 주기 위해 미리 타다 놓은 곗돈 만 원이라고 했습니다. 그중에서 내가 삼천육백 원을 써버렸습니다. 아버지는 다 알고 있으면서도 한 마디도 하시지 않았습니다. 아버지 월급이 이만 원이 채 되지 않았으니 상당히 큰돈이었는데 말입니다. 회초리 맞을 각오를 단단히 했는데 아무 말씀 안 하시니 더 무서웠지요. 어머니는 몇 군데 돈을 빌려 집세를 해결했습니다. 그리고 아무에게도 그 이야기를 하지 않았습니다. 그러나 나는 가족들 보기가 자꾸 미안해지고, 돈 없으니 친구들도 조금 멀어지는 것 같고, 보는 사람마다 나를 도둑놈이라 욕하는 것 같고, 할머니 품만 점점 그리워졌습니다. 한동안 잊고 지냈던 고향이 무지무지 가고 싶어졌지요. 거기에는 누가 사탕 사 먹자 꼬드기는 사람도 없고 돈 없다고 무시하는 사람도 없습니다. 돈 없이도 얼마든지 혼자 재미있을 수 있지요.

그래서 나는 대도시의 중학교로 진학하라는 선생님과 부모님의 권유를 뿌리치고 할머니에게로 가서 시골의 조그만 중학교에 진학했습니다. 대도시로 나가면 많은 돈이 필요할 텐데, 이미 한번 부모님께 큰 걱정을 끼쳐드린 내가 무슨 염치로 돈 이야기를 할 수 있을까 하는 생각도 있었고, 할머니 품이 가장 마음 편하겠다는 생각도 있었습니다. 시골에서는 감꽃을 주워 목걸이를 만들거나, 알밤을 아무리 주워도 누가 꾸중하거나 돈이 전혀 들지 않으니까요. 그 이후로 고등학교를 졸업할 때까지 할머니와만 살았습니다.

이미 오십여 년 전 일이지만 그때만 생각하면 나는 가슴이 뜁니다. 창피하기도 하고 부끄럽기도 합니다. 공짜돈이 잘 생기지도 않지만, 어쩌다 내 돈 아닌 돈을 보면 엄마의 칼이 떠오릅니다. 그리고 만약 내가 그런 일이 없고 대도시의 학교로 진학했다면, 지금쯤 어떤 사람이 되어 있을까 생각하기도 합니다

중언부언

종점의 바람은 유난히 더 차다. 버스에서 내리자 빚쟁이처럼 냉기가 달려든다. 휩쓸린 낙엽이 마지막 숨을 가누는 골목으로 또 다른 낙엽이 들어선다. 어디서부터 잘못되었는지 모를 뒤틀린 삶이 어둠보다 짙게 깔린 골목, 어깨를 한번 추슬러본 다음 집으로 들어선다.

"저녁에 술 한잔 하실래요."란 아들의 전화가 내심 흐뭇하다. 저도 이제 다 자라 취직을 하고 보니 가족의 소중함을 느끼나 보다. 품을 떠나 객지에서 생활을 해 보니 도란도란 사연을 나눌 이야깃거리가 생기기도 하는 모양이다. 애비에게 먼저 술을 청하다니! 제법 기특하다. 하긴 애비 삶의 애환을 이해할 때도 되긴 됐지. 낙엽 같은 애비와 새싹 같은 아들의 만찬이라……, 웃음이 난다. 아들에게 술을 가르치길 잘했다.

아내는 매번 눈을 흘겼지만 말이다.

어깨 위로 넘실대는 외풍이 삼겹살 냄새에 군침을 삼킨다. 두 아들과 아내, 이렇게 네 식구가 모여 앉은 게 몇 달 만의 일인지 모른다. 첫째는 직장을 따라 집을 떠났고, 둘째는 막 제대한 참이니 모일 여가가 없었다. 요양원에서 기거하는 어머니께는 미안하지만, 두 아들이 앞에 있으니 제법 뿌듯하고 듬직하다. 나의 무리한 욕심만 없었더라면 가족 모두가 평온한 생활을 하련만 방만한 사업 확장이 모든 것을 뒤죽박죽으로 만들어 버렸고 가족이 가장 큰 피해자가 되었다. 그래도 비록 주택 이층의 단칸방이지만 이렇게 모여 앉을 수 있음이 감사하다. 할머니 추억을 되새김질하는 둘째와 달리, 첫째는 자꾸 술을 권한다. 뭔가 할 말이 있는 모양새다.

자동차를 사겠단다. 제 손으로 돈 번지 몇 달이나 되었다고 벌써 여러 번 타령이다. 자동차가 있으면 좋겠다고 에둘러 말할 때마다 못 들은 척하기도 했고 내 차를 내주기도 했다. 아직 자동차가 그렇게 긴요하게 필요하지 않을 것이니 가능하면 대중교통을 이용하고, 정히 필요하면 내 차를 가져가라며 또 달래 보지만 싫단다. 낡고 험할뿐더러 신입사원이 타기엔 너무 커서 어울리지 않는단다. 새 차를 사고 싶은 욕심이란 걸 모를 리 없다.

자동차가 안락하고 빠른 문명의 걸작임에는 틀림이 없으나 거기에는 필연적으로 금전의 대가가 있어야 한다. 혼자만의 안락함을 위하여 헛되이 낭비하지 마라. 나중에 네가 보호해야 할 가족이 생겼을 때 그때 사라. 보험료, 연료비, 유지비 등 제반 경비를 따져 보면 대중교통보다 훨씬 비싸게 먹힌다. 더구나 할부금까지 부담하면 너 뭐 먹고 살래? 돈은 언제 모으고 집은 언제 사며 장가는 어떻게 갈래? 아무리 요즘 세태가 그렇다고는 하지만 너는 그러지 말아라. 부부가 입을 모으지만 아들은 요지부동이다. 지금까지와는 다르게 강경하다.

주위에 차 없는 친구는 한 사람도 없으며, 자투리 시간에 공부를 좀 하려 해도 교통이 불편해 학원엘 못 가며 여자 친구와 데이트도 마음대로 못 한다. 다른 집은 취업 선물로 자동차를 사 준다는데 그것까진 바라지 않는다. 할부로 사는 것이 아니라 모아 놓은 것으로 할 것이니 큰 부담은 아니다. 사달라는 것도 아니고 다 큰 놈이 자동차 하나 사면서도 부모에게 상의하는 것이니 제법 기특하지 않으냐며 오히려 설득하려 든다. 흥청망청 살아버린 나 자신의 젊은 날이 안타까워 아이에게 절약을 강조하려 하지만 아무래도 이젠 역부족이다. 마치 바른 걸음 가르치려는 게 꼴이다.

첫 단추를 잘못 끼워 버리면 마지막 단추가 갈 곳이 없어진다. 이제 막 세상살이를 시작하는 젊음들이 행여 빚이라는 짐을 진다면, 가는 걸음 곳곳에 함정이 도사리게 된다. 짐이 무거우면 작은 웅덩이도 건너기 힘들다. 한때 빚 얻어서 빚 갚는 상황이 벌어졌다. 국가 경제위기가 원인이었지만 상황을 유지하려면 다른 방법이 없었다. 가불인생이었다. 돈이란, 특히 빚이란, 사람을 한없이 초라하게 하고 비굴하게 만든다. 그리하여 마침내는 마지막 단추가 들어갈 자리마저 없애버린다.

굳은 땅에 물이 고인다. 땅이 굳어야 물도 고이고 뿌리도 튼실해진다. 만물은 자기를 사랑해 주는 사람을 따른다. 인심도 그러하고 짐승도 그러하다. 돈은 더욱 그러하다. 항상 사랑하고 아껴야 나에게서 떠나가지 않는다. 돈이 삶의 전부는 아니지만, 언제 어디서나 자신 있게 살게 하는 방어막의 기능은 가지고 있다. 아들에게 모든 것을 아끼며 알뜰하게 살라고 간곡하게 말하고 싶은데, 아들은 귀찮은 잔소리로 들리는 눈치다.

술 한잔의 속내가 따로 있었음이 씁쓸하지만, 이제 어쩌랴! 중언부언해 봤자 늙은 아비의 쓸데없는 넋두리만 될 것이다. 그래 아들아! 마음껏 네 젊음과 인생을 자동차에 싣고 달려도 좋다. 다만 찬란한 청춘이 그리 오래가는 것은 아니니 네 디딘 땅을 잘 다져야 하느니, 아비와 같은 가불인생을 살아선 절대 안 되느니.

편

　'책쓰기포럼' 이란 모임을 한다. 수필을 취미로 하는 사람들의 모임이다. 혼자 놔두면 일 년에 한 편의 글도 쓰지 않으니 서로 자극을 주어 수필집 한 권씩 출판해 보자는 것이 취지이며 목표이다. 보름에 한편씩 무조건 작품을 내야 하니 간혹 곤혹스러울 때도 있고, 작품 평가를 할 때는 갑론을박이 부딪혀 서로 생채기를 낼 때도 있다. 그래도 까마득히 잊었던 나를 찾는 즐거움에 재미가 쏠쏠하다. 지난번 나온 여러 작품 중에서 "편"이란 글이 있었다. 편에는 여러 가지 뜻이 있지만, 그 글에서는 '나와 같은 생각을 하는 개인이나 집단'을 이야기하며, 특히 작자는 어머니란 가장 큰 내 편이 없음을 슬퍼하고 있었다. 그래도 너무 슬퍼하지는 마시라! 책쓰기포럼이란 편이 있으니까.

내게 편이란 무엇이었을까? 열아홉에 고향 품을 떠난 이후, 내 자리 내 편을 만들기 위해 부지런히도 움직였다. 편을 만든다는 건 부정적인 이미지도 있지만, 결국 내 사람을 만든다는 것이다. 내 사람을 많이 만들기 위해서는 아무래도 사람이 많은 큰 기업이나 공공기관이 좋을 텐데 나는 한 번도 그런 조직에 가보지 못했다. 연좌제가 시퍼렇던 칠십 년대의 취업 조건에는 꼭 '해외여행에 결격사유가 없는 자'란 단서가 붙었고, 나는 아버지가 좌익사상범이었던 관계로 '해외여행에 결격사유가 있는 자'였다. 그걸 넘어설 내 편도 실력도 없었다. 사장과 종업원 두 명 있는 화공약품상에 취직한 것이 사회생활의 시작이었고, 그 길로 평생을 살아왔으니, 천직賤職이라며 생각하고 시작했던 게 천직天職이 된 셈이다.

직장이란 범위 안에서는 승진이 꿈이지만 점원은 개업이 꿈이다. 자기 자신의 가게를 만들기 위하여 최선을 다한다. 서른을 갓 넘기면서 개업을 했고 성장하기 위해서는 모든 사람을 내 편으로 만들어야 했다. 거래처는 당연하고 은행이며 공무원까지 만나는 모두를 내 사람으로 만들어야 했는데 그들은 이미 혈연이나 학연 지연 등으로 알게 모르게 서로 편짜고 있었다. 사업에서 가장 중요한 것은 사람이다. 벽을 넘어 그 사람들과 한편이 되어야 했다. 그러나 시골에서 고등학교밖에 나오지 않은 내게 그런 것은 언감생심, 그림 속의 떡이었다. 생산에 필요한 원재료나 부재료를 공급하는 사업이니 가장 확실한 편은 상대 기업의 사장이고 생산 책임자이다. 혈연 학연은 아예 없었고 지연은 있으나 편이 되어줄 만큼 힘이 없었다.

편이 되는 가장 빠른 방법은 같은 취미를 가지는 것이었다. 골프면 골프, 술이면 술, 등산 낚시, 상대가 관심 가지는 부분을 먼저 제안하고 비슷한 실력을 보여주는 것이다. 때로는 잘하는 것도 못하는 척, 못하는 것도 잘하는 척, 오로지 영업을 위한 편 만들기에 열중했다. 깊이 있게 사귀는 것보다 더 많이 알고 지내는 게 사업에는 유리했다. 사업이 성장하는 만큼 가정에는 하숙생이 되었고 정체성을 잃어갔지만, 주지육림과 음주가무에 물들어 버린 나는 마냥 신나고 재미있었다. 따져 보면 거의 모두가 나쁜 편이었다. 그래도 주위의 모든 것은 내 편이었다. 불가능한 것도 가능하게 만들어 주고 품질과 단가가 조금 불리하더라도 거래를 터주었다. 남모르는 이익을 공유하는 한편이었으므로 가능한 일이었다.

세상 모두가 내 편인 걸로 알고 있을 때 국가 경제위기가 터졌고, 얼마 후 나는 몰락했다. 세상 어디에도 내 편은 없었고 모든 것을 내어 주고 물러났다. 몸뚱이 하나로 시작한 사업이니 너무 억울해 하지 말자는 아내와 아이들이 내가 가진 전부였다. 그래도 죽으란 법은 없는지 나의 오랜 경험과 지식을 이용하려는 사람들이 같은 편이 되자고 다가왔다. 속내야 어떻든 싫어할 이유가 없었다. 그편은 얼마 후 또 다른 편을 찾아 떠나갔지만 그 덕분에 나는 다시 살아났다. 나쁜 의미의 편은 이익에 따라 조삼모사 하지만 좋은 의미의 편은 가장 깊은 곳에 정情으로 엮은 견고한 끈이 있다. 사업에서의 편은 모래 위에 지은 집과 같은 것이다.

요즘 대통령 선거전이 치열하게 벌어지고 있다. 서로 한 표라도 더 얻기 위하여 온갖 공약을 남발하고 있다. 이것도 일종의 편 만들기이고 편 가르기이다. 정치 논리로 편이 갈라져 서로 반목하고 질시하던 팔구십 년대의 뿌리가 아직도 우리 사회를 위태롭게 하고, 좌익과 우익의 대립이 나라의 앞날을 서글프게 한다. 따지고 보면 조선 시대의 당파 싸움을 나무랄 일이 전혀 아니다. 재벌들의 '편끼리'도 심각하다. 온갖 돈 되는 일은 싹쓸이하려 한다. 모든 현상을 정치이념과 경제논리로 해석하려는 이런 편은 없어질수록 좋다. 민주와 자유를 부르짖지만, 타인을 배려하고 인정해 주는 편이 많아야 사회가 윤택해진다. 나쁜 의미의 편 만들기 전성시대에 살지만 우리 '책쓰기포럼'은 얼마나 소탈하고 착한 편인가!

고발장

성명 : 박현기

주소 : 대구광역시 달서구

아래와 같은 사유로 위 사람을 고발합니다.

위 사람은 우선 지독한 게으름뱅이입니다. 예로부터 인간의 덕목 중에 부지런함과 성실함을 그 첫 번째로 꼽았듯이, 사람이 사람의 도리를 제대로 하고 살려면 몸도 마음도 부지런해야 하거늘 그는 매사가 항상 게으르고 소극적입니다. 몸을 움직이는 것이 귀찮아 다른 사람들 그 흔하게 하는 운동도 달리 하는 게 없습니다. 지인들의 성화에 못 이겨 아주 가끔 산에 가는 것과 생업에 연관되어 움직이는 것이 그 전부입니다. 그리고 마음마저 게을러서 남을 도와주거나 주변을 배려

해 주는 일도 거의 하지 않습니다. 서로 돕고 어울려 살아야 하는 것이 세상살이의 기본임에도 그는 남의 도움을 받으려고만 하지 선뜻 도와주려 하지 않습니다. 간혹 도울 일이 있으면 꼭 단서와 조건을 답니다. 아직 구세군의 자선냄비에 돈한 푼 넣은 적이 없고 봉사활동 한 번 한 일이 없습니다. 없어서가 아니라 몸도 마음도 게으르기 때문입니다.

　또 위 사람은 대단한 위선자입니다. 행동은 도척盜跖이면서 말은 공자입니다. 입으로는 항상 좋은 말만 합니다. 정작 자기 자신은 제대로 하지 못하면서 딴 사람의 잘못에 대해서는 잘난 척 추궁을 합니다. 군자는 외유내강이라고 했습니다만 그 하는 짓을 보면 소인배도 하지 못할 생각을 하고 행동을 합니다. 자기 자신은 항상 합리화시키고, 궁색한 변명과 이유를 연구하면서 타인에 대해서는 가장 준엄한 법과 윤리의 잣대를 적용해 버립니다. 하여 상대의 가슴을 아프게 하는 경우가 종종 있습니다. 어떤 사물에 대하여 깊이 생각하고 고뇌하는 법이 없고, 다 아는 척 가식을 부리며 오락과 쾌락에 곧잘 빠져 버립니다. 잘못을 흔쾌히 시인하지 않고 편견에 사로잡혀 아집을 부릴 때도 아주 많습니다. 그의 위선은 이루 말할 수 없이 쌓여 있습니다.

　위 사람은 의지가 아주 박약합니다. 일함에 있어서는 치밀한 계획을 세우고 끈기있게 실행해 가야 함에도 그는 대충 생각하고 즉흥적으로 행동해 버립니다. 그리고 조금만 힘들다 싶으면 포기해 버립니다. 지금 이렇게 고발장을 쓰게 된 가장 큰 이유도 그의 이런 나약함 때문입니다. 연초에 그는 몇 가지 계획을 거창하게 세웠었습니다만, 해를 마감하는 오늘까지 하나도 마무리해 놓은 것이 없습니다. 어떤 것은 차일피일 미루다 아예 시작해 보지도 않았고, 어떤 것은 조금 하다가 그만두어 버린 것도 있습니다. 결국 그는 아무것도 하지 않은 셈입니다. 그러면서도 위선자답게 합리화시키려는 이유와 변명을 생각합니다. 물은 흘려보내더라도 조약돌은 건지자는 이야기를 늘 하는 걸 보면 가증스럽기 짝이 없는 일입니다.

마지막으로 위 사람은 공부하지 않습니다. 사람은 태어나서 죽을 때까지 겸허한 자세로 자기 자신을 절차탁마해야 한다고 배웠습니다. 그러나 위 사람은 오락과 쾌락에 빠져 한 권의 책도 제대로 읽지 않습니다. 배우는 데 게을러 요즘 그 흔하게 사용하는 컴퓨터도 잘 사용하지 못하면서 기계치라고 둘러댈 때는 웃음이 나지요. 배움에는 나이가 없고 무식에는 약이 없다고 했습니다. 그의 무지를 볼 때마다 몽둥이찜질이라도 해주고 싶어집니다. 책 속에 길이 있고 글 속에 지혜가 있다는 옛 어른들의 가르침을 뻔뻔하게 이야기할 때는 가증스러운 위선을 새삼 확인합니다.

결국 위 사람은 게으르다 보니 공부를 하지 않고, 노력하지 않았음을 감추려다 보니 위선자가 되며, 위선을 감추려다 보니 떠벌리기만 합니다. 이와 같은 사람은 가정에서나 사회에서나 매우 불필요한 사람일 것입니다. 아무리 생각하여도 이런 사람과 함께 희망찬 새해를 맞이한다는 것이 억울하여 고발장을 제출하오니 부디 일벌백계로 다스려 주시기를 바랍니다.

2012년 12월 30일
국가 인생관리위원회 귀하

불합격입니다

꼭 이십 년 만에 운전면허시험을 치러 갔다. 일 년 전 음주에 적발되어 취소된 면허를 되살리기 위해서였다. 혹시나 싶어 필기는 제법 공부를 했고 기능이야 이십 년을 했으니 달리 공부할 필요도 없었다. 무난히 필기와 기능을 끝냈다.

"OOO 씨, 운전은 시원하게 잘합니다만 불합격입니다."

"아니, 왜 불합격입니까?"

"기본이 전혀 되어 있지 않습니다. 다시 배워 오세요."

기본? 기본이 뭐더라? 도무지 생각이 나지 않았다. 그저 시험에 떨어진 것이 분하고 창피했다. 그까짓 운전면허시험쯤이야 응시하면 바로 합격할 줄 알았다. 처음 면허를 취득했던 이십 년 전에도 서점에 있는 예상문제집 한 번 보고, 학교 운동장에서 회사 화물차로 운전연습 몇 번 하고, 바로 합격하지 않았던가. 그런데 지금 새삼스레 기본이라니……

그날 비가 오지 않았다면 떨어졌을지 모른다. 필기에는 합격했지만 실기에는 전혀 자신이 없던 차에 비까지 왔다. 운전학원에서 몰려온 사람들이 클러치를 먼저 밟네, 브레이크를 먼저 밟네, 어떨 땐 어떻게 해야 한다는 둥 갑론을박하며 떠들어 댔지만 학원 근처에도 가보지 않은 나는 도통 무슨 소리인지 알아들을 수 없었다. 단지 속으로 가장 먼저 할 일은 시험관에게 인사하는 것일 듯싶었다. 드디어 시험관인 경찰에게 깍듯이 인사하고 출발하려니 설상가상으로 비 때문에 창문이 뿌옇게 흐렸다. 양해를 구하고 내려가 차창과 사이드미러까지 모두 깨끗이 닦고 출발했다. 하지만 주행시험장의 반 바퀴도 돌지 못했는데 출발선으로 곧바로 들어가라고 했다. 물론 내 운전 실력은 형편없었다. 시동을 꺼트리기도 했고 신호에 맞추어 출발하지도 못했다. 떨어졌구나 하는 순간 경찰이 말했다.

"하는 것은 미숙하지만 하고자 하는 성의가 대단하니 합격시켜 주겠다. 앞으로 운전 잘하라"

컴퓨터가 없던 그때는 경찰이 전권을 행사하던 시절이었다.

강산이 두 번 바뀐 만큼, 옛날에는 없던 도로주행이란 과목이 있었다. 도로주행쯤이야 식은 죽 먹기보다 쉽다. 이십 년을 해오지 않았는가! 차선 바꾸기, 신호등 지키기, 속도 준수하기, 보행자 보호하기 등등, 나는 부드럽고 멋지게 과제를 완수하고 출발점으로 되돌아왔다. 그런데 결과는 불합격이다. 그것도 기본이 전혀 되어 있지 않단다.

자동차 운전의 기본이 무엇인지 아무리 생각해도 혼자서는 알 수가 없어 학원을 찾아갔다. 자초지종을 들은 학원 강사가 빙그레 웃더니, 취소된 사람의 대부분이 그것 때문에 불합격한다며 기본을 설명했다. 실선에서 차선을 변경해선 안 되고, 차선을 바꿀 때는 최소한 삼십 미터 전방에서 방향지시등을 넣어야 하며, 타이어가 정지하기 전까지는 기어를 중립으로 하면 안 되고, 신호대기 중에도 브레이크를 밟고 있어야 하며, 일 차선에서 좌회전을 했으면 반드시 일 차선으로 진입해야 한다는 것 등이었다. 아하! 그런 것! 별것도 아닌 다 알고 있는 사실들이 아닌가.

그런데 나는 그랬다. 평소 하던 습관대로 신호등으로 진입할 때는 기어를 빼버렸고, 차선을 바꿀 때는 깜빡이를 켜자마자 실행해 버렸다. 그것도 삼 차선에서 일 차선으로 단숨에 말이다. 건널목에 사람이 있어도 슬금슬금 우회전했으며 일 차선에서 좌회전을 하면서 이 차선으로 진입하기도 예사였다. 평상시 하던 그대로 했다. 내가 아는 한 그게 틀림없는 운전의 정석이었다. 몇 백 미터 앞에 교통경찰만 보여도 속도며 운전 자세며 법규를 제대로 지키는지 벌벌 떨며 다시 한 번

점검하던 시절도 있었으면서 어느 순간 타성에 젖었고 음주 운전도 예사로 했다. 교통경찰의 눈만 잘 피하면 유능한 운전 자인 줄 알았다.

얼마 전 생애 처음으로 아내와 함께 종합건강검진을 받았 다. 검사를 위해 문진표를 작성하라는 게 있었는데 그걸 하 다가 나는 나 자신에게 무척 미안해졌다. 술과 담배에 관한 문항에서, 술은 언제부터 얼마나? 담배는 언제부터 얼마나? 거기에 스무 살 무렵부터라고 적어 놓고 보니 무려 삼십 칠 년이다. 삼십 칠 년! 내가? 술 담배를! 대충 어림잡아 봐도 하루에 평균 담배 한 갑 소주 한 병이니 내 오장육부가 견뎌 낸 게 장하다. 그것들 소화시키느라 무지하게 고생했겠다. 술 담배의 위해성에 대하여 몇 겹의 딱지가 앉을 만큼 듣고 또 들어도 꿈쩍 않던 감정이 확 살아나는 것이었다. 삼십칠 년이란 숫자가 정신을 화들짝 놀라게 하였다. 아무리 내 몸 내 마음대로 한다지만 그 세월을 참아 넘긴 내 몸에 너무 심 했다 싶다.

건강 점수는 불합격이지만 별 탈이 없다는 의사의 말에 안 도했다. 그러나 문제는 지금부터란다. 여러 가지 검사 결과 술 담배로 인한 빨간 불이 온몸에 들어와 있단다. 부모로부터 워낙 건강한 유전자를 물려받았기에 그나마 지금까지 버틸 수 있었지, 아니면 벌써 어떻게 됐을지도 모르겠다며, 지금부터라도 술 담배 끊고 운동으로 관리해야 현재 상태를 유지라도 할 수 있겠단다. 사실 그동안 기본적인 몸 관리도 전혀 하지 않고 살았다. 기분 내키는 대로 술 담배를 즐겼고 불규칙한 생활에 운동도 하지 않았다. 골프와 등산을 가끔 했지만 지금은 그마저도 오래전 일이 되었다. 그렇다고 가족과 부모 형제에게 알뜰살뜰한 것도 아니다. 매사 타성에 젖어서 편한 대로 살아 버린 셈이니, 의사의 말처럼 좋은 유전자를 물려준 부모님께 가장 송구스럽다. 평소 야무지게 자기 관리를 하는 아내는 최고의 건강 점수를 받았다. 병원 문을 나서며 아내가 습관처럼 건강관리에 대해 이야기를 했다. 그런데 웬일인지 그 소리가 짜증나지 않고 귀에 쏙쏙 들어왔다.

사람이 살면서 때때로 기본점수 미달이 그리 나쁜 것만은 아닌 모양이다. 생각해 보면 처음 면허시험을 치러 갔을 때, 형편없는 실력임에도 합격시켜 준 것은 하고자 하는 성의와 기본에 충실한 자세 때문이었을 것이고, 타성과 자만에 빠져 기본을 무시하는 나를 일깨워 주려 불합격이란 충격요법을 썼을 것이다. 세상은 항상 하는 만큼 되게 되고 아는 만큼 보게 되는 법이다. 겪어 보고 느끼고 불합격도 해 봐야 한다. 충고는 항상 좋은 약이다. 아니면 나는 오늘도 음주운전에 술 담배를 신나게 즐기고 있을 것이다. 원래 그런 줄 알고.

은행털이

　팔공산 초입으로 들어서면 은행나무가 가로수이다. 죽죽 솟은 가지가 제법 호기롭다. 매주 일요일이면 어머니가 계시는 요양원을 다니니 몇 년째 눈에 익은 풍경이다. 지난주까지는 알과 잎의 구분이 확실하지 않더니 오늘은 뚜렷하다. 잎보다 알이 훨씬 많다.

　"엄마, 우리 은행 좀 딸까?" "조오치! 그런데 저것 좀 봐라." 나뭇가지에 '은행 채취는 불법행위'라는 현수막이 펄럭이고 있다. 노란색 가지 사이에 빨갛게 붙어 있으니 눈에 확 들어온다. 길가의 은행이 무슨 큰 재산이라고? 하지만 지방의회에서 조례로 규정했다니 함부로 딸 수는 없겠다.

　아내나 나나 시골에서 자라 그런지 열매만 보면 갈무리하려는 버릇이 있다. 감, 밤, 대추 가릴 것 없이 보이는 대로 모았다가 겨울 간식으로 먹으면 그 재미가 쏠쏠하다. 그 영향인지 아이들까지 열매 줍기를 좋아한다. 오늘도 먼저 제안하는 것을 보면 유전인가 싶기도 하고 본능인가 싶기도 하다. '떨어진 거야 어떠려고, 따지만 않으면 되지!' 은행 채취가 불법이라는 현수막에 항의하듯 자위하며 은행을 줍기 시작했다. 휴가 나온 김에 모처럼 효도라도 하려는 듯 둘째 놈이 더 열심이다. 제 할머니에게 구워 드린다고 큰소리쳤으니 열심히 하기도 해야 할 게다.

아무리 봐도 떨어진 놈보다 달린 놈이 훨씬 실해 보인다. 가지에 조금만 충격을 줘도 우수수 할 것 같은데 그럴 용기가 없다. 줍는 것만으로도 양심이 찔려, 자동차가 다가오면 감시원인가 싶어 딴짓을 하다가 지나가면 잽싸게 줍는다. 올라가서 가지를 흔들려는 둘째를 기겁하며 아내가 말린다. 현수막이 우리를 엄중하게 감시하고 있는 셈이다. 겨우 용기를 내어 밑동을 한번 툭 차보았다. 몇 개 떨어진다. 얼른 줍고, 차츰 재미가 나서 아이 한번 차고 나 한번 차고, 차가오면 서 있다가 또 얼른 줍고…… . 우리 하는 짓이 가당찮은지 노인 한 분이 슬며시 오더니 큰 돌로 밑둥을 쳐 보란다. 퉁!, 발로 차는 것보다 훨씬 효과가 있다. 대박이다. 이것도 서리라면 서리일 텐데, 역시 서리는 떨리면서도 재미있다.

자동차 한 대가 슬그머니 멈춘다. 아닌 척 딴전을 피우면서도 단속반에 걸렸구나 싶어 가슴이 콩닥거린다. 내 또래의 사내가 내리더니 트렁크에서 낚싯대 같은 걸 꺼냈다. 우리 쪽은 아예 쳐다보지도 않는다. 죽죽 퍼든다 싶더니 가지를 사정없이 후려치기 시작했다. 장대가 내려쳐질 때마다 와르르 와르르 은행이 쏟아져 쌓인다. 그러더니 빗자루로 쓱쓱 쓸어 담아 바람처럼 사라져 버렸다. 두툼하던 가지가 앙상하게 가을바람에 흔들린다. 한 이삼 분 걸렸을까? 전광석화 같은 솜씨에 그냥 멍해져 버렸다. 가슴 한쪽이 무너지며 스산한 바람이 불어온다. 뭔가 억울한 것 같기도 하고 이건 아니다 싶기도 하다. 정의의 수호신 같은 현수막은 우리에게만 종주먹을 흔들고 있다.

둘째가 제 어미를 바라본다. 그 눈빛이 꼭 "이 바보야!"하는 것 같다. 딴사람은 저런 식으로도 따 가는데 가지 조금 흔들려는 것도 그렇게 기겁을 했느냐며 핀잔을 주는 것 같기도 하다. "저 사람은 허가가 있는 모양이다." 아내가 궁색하게 둘러대지만, 나이 스물이 넘은 놈이 그 눈치 없을까? 빙긋이 웃으며 돌아선다. 털어간 사람이야 욕심대로 털어 갔지만 우리 꼴이 우습게 돼 버렸다. "그러니까 맨날 그렇게밖에 못살지!"란 말이 아이 입에서 튀어나올 것 같아 조마조마하다. 참 허탈하고 난감하고 우습다. 세상살이를 이제 막 시작하려는 아이의 눈에 우리는 어떻게 보였으며 그 사람은 어떻게 보였을까.

장사해서 많은 돈을 번 친구가 있다. 비결의 반은 눈속임이 었다. 상품의 품질을 떨어뜨리는 건 예사였고 제 형의 물품창고를 밤에 몰래 들락거리기도 했다. 돈은 많이 벌었지만 주위의 신용을 잃었다. 돈 번 내막을 아는 사람들은 모두 그를 멀리했다. 그러나 그는 갈수록 탄탄하게 잘 나갔다. 유력한 단체에도 가입하고 기부활동도 했다. 옛 지인들을 버리고 새 인연을 만들어 갔으며, 새로 만나는 사람들은 모두 그를 돈 많고 유능한 사장님으로 받들었다. 제목은 잊어버렸지만 일본 소설 중에 젊은 시절 은행을 털어 땅에 묻어두고 감방에서 청춘을 보낸 후, 늘그막에 출소하여 자선사업가로 변신한다는 것이 있었다. 그 친구만 보면 그 소설이 생각난다.

오십을 훨씬 넘기고도 어떻게 살아야 할지 헷갈릴 때가 많다. 지천명이라는데 하늘의 순리는커녕 나 자신의 중심도 잘 잡히지 않는다. 흔히 '사는 게 뭐 별건가' 하지만 그 속에는 삶을 비관하고 자조하는 뜻이 있는가 하면, 세상을 경시하고 나 자신의 목표만을 위하여 살아도 괜찮다라는 의미도 있다. 산다는 것 자체가 별것일 수 있으니 어느 쪽이든 열심히 살아 놓고 볼 일이다. 그래도 돈 권력 명예가 먼저인지 도덕과 양심이 먼저인지 알 수가 없다. 조물주가 인간을 만들 때 둘 다는 절대 못 가지도록 해 놓았다. 별것 아닌 삶을 별것으로 바꾸든지 별것인 삶을 별것 아닌 걸로 바꾸든지 그것은 각자의 선택이겠지만, 나는 오늘 좀 약삭빨라지고 싶다. 장님 코끼리 더듬듯 살더라도 용감해지고 싶다. 어디 은행 털 데 없나.

복

"네 모습이 젤 추레하구나! 염색이라도 하거라."

사내의 어머니가 사내에게 돈을 내밀었다. 중풍으로 인해 손발은 떨리고 말투는 어눌했다. 손자 둘과 며느리가 함께 있었지만, 구십이 다된 노인의 눈에는 희끗희끗한 반백의 아들이 유독 서글픈 모양이었다. 펄펄 끓는 이십 대의 젊은 손자들과 비교하니 더 초라하고 남루해 보였는지도 모른다. 얼마 전에도 가족들이 모여 식사를 할 때 그런 소리를 했지만 그때는 대수롭지 않게 들어 넘겼다. 그런데 오늘은 돈까지 내밀며 같은 소리를 하니 기분이 묘하다. 꼬깃꼬깃 접은 만 원짜리 몇 장은 필시 장애수당과 노령연금을 모은 것일 터였다. 몇 번의 실랑이 끝에 결국 사내는 제 호주머니에 슬그머니 돈을 집어넣었다.

네 모습이 젤 추레하구나! 염색이라도 하여라. 사내는 그 말이 자꾸 귓가를 맴돌았다. 머리 염색을 하지 않았을 뿐, 그렇게 후줄근한 몰골은 아니라고 생각했었는데 어머니가 추레하다고 하니 조금은 당황스러웠다. 추레하구나! 추레하구나! 의미를 곱씹는 사내의 머리에 불현듯 천덕꾸러기란 말이 떠올랐다. 아하! 이 추레함이 미래로 이어지면 천덕꾸러기가 될 수도 있겠구나. 로또에 당첨이라도 된다면 모르지만, 현재 상황이 좋아질 기미는 별로 보이지 않으니, 지금은 노모의 애물단지이면서, 장차는 자식의 천덕꾸러기가 될 수도 있겠다는 생각이 머리를 스치자 사내는 갑자기 세상이 아득하게 느껴졌다. 늙은 어머니는 준비 없이 늙어가는 아들의 추레한 앞날이 안쓰러운 것이 분명했다.

 천덕꾸러기, 남에게 업신여김과 푸대접을 받는 사람이나 물건. 사내는 새삼 신용불량자인 자기 자신이 답답해졌다. 사업한답시고 뛰어다니다 모든 신용에 빨간 줄이 그어졌다. 물질이 지배하는 세상의 이치를 느껴 본 사내에게 그건 사형선고나 마찬가지였다. 노후에 대한 연금도 없고 보험도 사라졌다. 모아둔 돈은 더욱 없다. 그래도 산 입에 거미줄 칠 수는 없어 동분서주하지만, 자금에 밀리고 정보에 밀리고 나이에 밀린다. 사내는 어머니의 추레하다는 말을 새삼 곱씹는다. 겉모습만 추레한 것이 아니라 사내의 삶 자체가 늙고 남루해지고 있다. 사는 어느 날 남루하고 병든 제 육신을 제 마음대로 하지 못할 때, 어쩌면 사내는 자식에게 천덕꾸러기가 될 수밖에 없을 것이다. 연금이나 보험이라도 있으면 마음이 조금 가벼울 수도 있지만 사내에겐 고스란히 자식의 몫이니까 말이다.

그래도 사내는 자식뿐만 아니라 세상 누구에게도 천덕꾸러기는 되고 싶지 않다. 사는 날까지 열심히 살다가 어느 날 바람처럼 꿈결처럼 갈 수 있으면 그 얼마나 좋으랴! 사내의 할머니는 자다가 돌아가셨다. 저녁 잘 자시고, 증손자 증손녀와 함께 잠들었었다. 한방에서 같이 잔 증손이 아침 자시라고 흔들어 깨우지 않았다면 돌아가신 줄 알지도 못했을 것이었다. 구순을 바라보는 연세에, 비록 심근경색이지만, 그렇게 꿈결같이 돌아가시는 것은 복 중의 가장 큰 복이라고 사내는 생각했었다. 다른 모든 복도 좋겠지만, 살 만큼 살다가 깔끔하고 깨끗하게 죽을 수 있다면 그 복이 얼마나 큰 복이랴! 자식들 괴롭히지 않고, 다른 사람들에게 폐 끼치지 않고, 자기 자신도 괴롭지 않고, 사는 날까지 건강하게 살다가, 갈 땐 소리 없이 가는 것, 이건 정말 한세상 살다가 가는 마지막 멋진 예의도 될 터이다.

구구 팔팔 이삼 사란 건배사가 유행한 적이 있었다. 아흔아홉까지 팔팔하게 살다가 이틀 아프고 셋째 날 죽자는 뜻인데,

경제력이 있고 건강하다면야 아흔아홉이 아니라 구백구십 년도 억울할 수 있지만, 경제력 없는 골골 팔십은 민폐가 될 수도 있다. 생로병사는 언제나 신의 영역이다. 누구도 그 영역에서 자유로울 수 없고 비껴 갈 수 없다. 아무도 장담할 수 없는 것이다. 인간의 영역이 아니니 사람들은 그것을 복이라고 부른다. 때에 따라서 복이 있다고도 하고 없다고도 한다. 어머니에게 추레하단 소릴 들은 사내는 당당하게 늙음을 맞이하고 꿈결처럼 떠나고 싶다. 그래야 추레하지 않고 천덕꾸러기가 되지 않을 것이다. 복 중의 가장 큰 복은 죽는 복일 것인데 사내는 제 복이 어디까지인지 궁금하다.

희망 사항

새벽 다섯 시 오십 분, 아내가 출근했다. 출근이라고 해 봐야 골목을 마주하고 있는 맞은 편 병원 주방으로 가는 것이지만, 한겨울 꼭두새벽에 집을 나서는 모습이 어쩐지 애잔하다. 아내가 나가고 나면 항상 집안이 적막해지고 냉기가 감돈다. 허전하다. 베란다에 서서 담배 한 개비를 물고 뒷모습을 보노라면, 견고한 어둠 속에 드문드문 숨구멍같이 작은 가로등 불빛들이 떠 있다. 그래, 저 캄캄함이 세상이라면 작은 불빛은 희망이라고 이름 붙여도 좋겠고, 칼바람이 휘돌아가는 골목을 총총히 뛰어가는 아내에게는 삶이라 이름 붙여도 좋겠다.

티브이의 모든 채널이 해돋이 행사를 중계하고 있다. 정동진에서 호미곶에서 하얀 입김을 호호 불어내면서 야단법석이다. 일월 일일의 해라고 해서 특별히 다를 것도 없건만 왜 모두 그렇게 호들갑을 떠는지 모르겠다. 사람들은 모두 새해의 첫해를 보며, 자기를 위하여 가족을 위하여 한바탕 간절하게 기도를 올려야 일년이 평안해지고 만사가 형통할 것이라 믿는 모양이다. 기도란 마음의 문제이지 형식의 문제는 아니련만 기어이 먼 길을 북적대고 가야 제 맛인가? 그래도 모두 기쁨과 행복과 기대에 찬 모습들이 예쁘다. 어쩌면 조금 삐딱하게 보는 내가 잘못되어 있는지도 모를 일이다.

또 한 해가 훌쩍 지나고 새날이 밝았다. 나이에 비례하여 시간이 간다더니 그보다 훨씬 빠른 속도로 하루가 바뀌고 한 해가 바뀐다. 작년 이 시간 이 자리에서 내가 했던 다짐들은 다 어디로 가버리고 여전히 빈 몸 그대로이다. 이리저리 아무리 헤집어 봐도 아무것도 해 놓은 게 없다. 움직이면 움직일수록 점점 더 빠져드는 삶의 늪이다. 하릴없이 한 해를 보내버린 나 자신의 무능함에 부아가 나고, 새해 첫날에도 일 나가야 하는 아내에게 심사가 뒤틀려 흥거운 해돋이 행사도 똑바로 보이지 않는 것이다. 세상 모든 일이 마음 먹은 대로 된다면 얼마나 좋으랴. 새해 첫 새벽부터 나는 꼭 '날개'의 주인공이나 된 듯하다.

작년에 내가 세운 계획의 첫 번째는 아내의 일을 그만두게 하는 것이었다. 맞벌이가 뭐 어떠랴 하지만 나는 아내가 전업주부이길 원한다. 결혼생활 삼십여 년 중 이십 년 넘게 그렇게 살아왔다. 아내 또한 그것이 당연했다. 그러나 사업이 기울면서 아내가 생활 전선에 나서지 않을 수 없었다. 두 번 다시 실수하지 않을 테니 집에서 살림이나 하라며 아무리 말려도 막무가내로 못 미더운 눈치이다. 노후 준비를 해야 한다는 생각도 큰 몫을 차지한다. 요양병원 주방에서 조리사로 일하는 아내의 소망은 따뜻한 아랫목에 배 깔고 누워 친구들과 맛있게 이야기를 나누는 것이다. 그런 작은 꿈에 믿음을 주지 못하고 있는 내가 참으로 한심하다. 벌써 육 년째 계획을 세웠지만, 계획은 항상 그냥 계획으로 끝나버렸다.

아내는 주문 외우듯 노후를 이야기한다. 젊을 때는 젊음으로라도 살지만 늙어서는 돈 없으면 못 산다는 게 아내의 지론이다. 얼마든지 공감이 가고 맞는 말이다. 젊을 때는 경제적으로 쪼들려도 전혀 두렵지 않았다. 많은 목돈이 필요한 경우도 별로 없었고 필요하다 해도 당당하게 대처할 수 있었다. 그러나 나이 들어서 궁한 것은 흉하다. 두류공원이나 달성공원에 가보면 궁색하게 쪼그린 노인들이 수없이 많고, 폐지나 고철을 주워 연명하는 노인들도 부지기수이다. 가끔 이십 년 후의 내 모습일 것 같아 끔찍스러울 때가 있다.

사실 노후에 대한 대책이 아무것도 없다. 벌어 놓은 재산도 없고 퇴직연금 같은 것은 더욱 없다. 고작 국민연금 몇 푼 있는 게 예상되는 수입의 전부이다. 아내는 그런 부분을 염려하여 팔다리의 통증을 호소하면서도 일을 계속하려는 것이다. 얼어붙은 눈 위를 움츠려 조심스레 뛰어가는 아내의 뒷모습을 보며 나는 또 계획을 세운다. 올해는 꼭 아내를 따뜻한 아랫목에서 마음 편히 쉬게 하자. 그러려면 만족할 만한 금액이 들어있는 예금통장을 아내 손에 쥐어 줘야 할 터인데, 돌다리도 두드려보고 건너는 사람이니 말만 해서는 안 될 것이고……. 체면 눈치 다 버리고 부지런히 뛰어다녀 볼 일이겠다. 죽기 전에 해야 할 일을 정리하는 것을 버킷리스트라고 했다. 나는 죽기 전이 아니라 더 늙기 전에 아내를 편안하게 해 줄 준비를 올해는 꼭 하자.

제 4 부

사람이 아름다워

가버린 친구에게

고향 친구 셋이서 제주도로 여행을 갔다. 나는 입대를 앞두고 있었고 한 친구는 사우디아라비아의 건설현장으로, 또 한 친구는 취업하여 객지로 떠날 날이 얼마 남지 않은 때였다. 한마을에서 태어나 이십 년을 마주보고 자랐다. 이제 헤어지면 언제 만날지 모른다는 안타까움도 있었고, 젊은 날의 추억을 만들자는 의미도 있었다.

우리 셋은 모이기만 하면 한 사람이 소주 다섯 병쯤은 기본으로 마셨다. 마셔도 별로 취하지 않았고 고약한 술버릇도 없었다. 한번은 마흔 병을 마신 적이 있었는데 정월 초하루의 밤바람이 봄날처럼 훈훈했고, 늘어선 술병이 눈을 반짝이는 아이처럼 예뻤다. 팔도의 소주를 다 먹어보자는 계획에 의기투합하여 부산항에서 배를 타고 갔다가 목포로 돌아오기로 했다.

백록담을 등반하고 일출봉으로 가기 위해 하산하는 길이었다. 잠시 들른 휴게소에서 기타가 눈에 들어왔다. 사우디아라비아로 출국할 친구가 기타에는 달인이었다. 그에게는 기타 연주자의 꿈을 집안 사정으로 포기해야 하는 아쉬움이 있었다. 석양을 바라보며 술 한 잔에 노래 한 곡, 분위기에 취하고 젊음에 취했다. "앵콜!" 어느새 수많은 사람이 우리를 에워싸고 있었다. 가난한 우리의 식탁에 격려의 '한일 소주'가 푸짐하게 올라왔다. 그날 우리는 무지하게 먹었고 목이 터져라고 노래를 불렀다.

서귀포까지는 누군가의 차를 얻어 타고 갔지만, 일출봉은 걸어야 했다. 통행금지 없어서 좋다, 노래 한 곡 더하자, 떠들며 걸었지만, 술 취한 몸에 가방이 무거워 곧 주저앉고 말았다. "안 되겠다. 한숨 자자." 주위를 살피니 마침 앉은 자리가 꽃자리였다. 잔디도 좋고 꽃도 좋고 숲도 좋았다. 텐트를 치자마자 쓰러져 잠이 들었다. 얼마나 잤을까, 머리맡이 시끄러웠다. 부스스 일어나 밖을 내다본 순간, 우리는 깜짝 놀랐다. 우리가 잔 곳은 길가의 공원이었다. 왠지 좋더라니! 차들은 일부러 경적을 길게 울리며 지나갔다. 라면에 소변에……. 후닥닥 짐을 꾸려 도망갔다.

사우디아라비아로 간 친구가 일 년이 채 되지 않아 급성 간암으로 귀국했다. 그때는 전방의 졸병 시절이라 편지로 안부만 물을 뿐 만날 수 없었다. 항상 보고 싶어 한다는 이야기를 다른 친구를 통해서 들을 때마다 가슴이 미어졌고, 술을 좀 덜 먹었더라면 하는 후회가 한없이 밀려왔다. 어렵게 외박을 허락받고 달려갔지만, 그는 이미 생의 마지막 외줄에 가냘프게 매달려 있었다. 그 탄탄하던 젊음은 어디로 가고 솔잎 같은 몸에 눈만 커다랬다. 백록담에서 뒹굴며 찍은 사진만 보고 있다는 모친의 말에 눈물이 저절로 흘렀다. 그때 우리는 정말 많은 희망과 좌절을 이야기했었다. 밤새 팔다리를 주무르며 추억을 나눈 며칠 후, 그는 사우디아라비아보다 더 먼 길을 갔다.

마음을 나누던 몇몇 친구가 고인이 되었다. 목사가 꿈이던 친구는 웃기게도 신학대학 다니다가 자살을 해버렸고, 말없이 하소연 들어주던 친구는 교통사고로 바쁘게 가버렸다. 근래에 폐암으로 황망하게 가버린 친구는 정말 뜻밖이었다. 건강하던 사람이 한 달 만에 그렇게 될 수도 있었다. 오랜 시간 정들었던 만큼 잊어버리는 것도 시간이 걸린다. 아니, 시간이 지날수록 더 또렷해지기도 한다. 간암으로 스물셋에 가버린 친구는 생각할수록 그립고 아쉽다.

좋은 친구가 있다는 것은 좋은 의복이 있다는 것과 같다. 그 친구는 항상 따뜻한 옷이었다. 세상의 한파에 몸과 마음이 시리면 더욱 그립다. 시월의 그 날이 오면 남은 친구 둘이서 술잔 세 개를 마주하고 앉는다. 한 잔은 나, 한 잔은 너, 또 한 잔은 그 친구. 말없이 밤새워 마신다. 우리 셋에겐 서로가 첫사랑이었다. 술잔 너머로 기타 소리가 들린다. 가을바람이 불고 목이 마르다.

국수

연일 삼십오 도를 오르내리는 무더운 날씨이다. 흐르는 땀을 감당할 수가 없다. 조금만 움직여도 속옷이 금방 빨래가 된다. 그래도 혼자서 에어컨을 틀어놓기에는 전기요금도 조금 아깝고, 블랙아웃을 호소하는 정부의 체면도 세워줘야겠기에 선풍기 하나로 버틴다. 사무실에 여럿이 있으면 누군가의 성화에 틀지 않을 수 없겠지만 단출하게 혼자 있을 때는 버틸 때까지 버틴다. 땀 좀 흐르면 어떠랴! 본시 사람도 자연의 일부이니 더울 때 땀흘리고 추울 땐 움츠리는 게 순리이기도 하거니와 여름에 햇살을 많이 받아야 겨울에 감기도 덜 걸린다고 하지 않는가.

그래도 너무 더우니 입맛이 없다. 입맛이 없을 때는 국수가 제일이다. 점심을 거의 매일 국수로 때운다. 칼국수, 콩국수,

비빔국수, 메밀국수 요리하는 방법과 재료에 따라 종류가 다양하지만 나는 그냥 밀가루로 빚은 소면이 좋다. 멸치 우려낸 국물에 호박 조금 다져 넣고 맛있는 간장으로 간을 맞추면 다른 반찬 아무것도 없어도 한 양푼 정도는 게 눈 감추듯 거뜬히 달게 먹는다. 매운 고추 몇 개 곁들여 보면 배도 부르고 축 처진 정신이 되살아 나는듯하여 더욱 좋다.

국수는 기원전 5,000년경부터 중국에서 먹기 시작했다고 하니 그 역사가 현생 인류의 역사와 거의 맞먹을 정도이다. 나라와 문화에 따라 종류도 수없이 많다. 발상지인 중국에는 그 종류가 너무 많아 헤아릴 수가 없고, 일본의 우동이나 서양의 파스타, 베트남의 쌀국수, 우리나라의 자장면, 아마 우리나라에서 자장면에 대한 향수가 없는 사람은 아무도 없을 것이다. 나는 중학교에 갈 때까지 자장면은 먹어 보지 못했고 열 살 무렵에야 소면을 처음 먹어봤다. 처음 먹어 본 소면은 하얗고 긴 면발이 쫄깃쫄깃하면서도 부드러워 우리집에서 항상 먹는 국수와는 비교가 되지 않았다. 지금도 그 맛을 생각하면 입에 군침이 고임과 동시에 잊지 못할 추억이 되살아 난다.

어릴 적 여름이면 국수가 주식이었다. 쑥 한 짐 해다가 모깃불 피워 놓고, 마당에 멍석 깔고 국수를 먹노라면, 밤 매미 우는 소리에 은하수는 길게 흐르건만, 국수는 자꾸 끊어져 숟가락으로 퍼먹어야 했다. 그때만 해도 집에서 밀 농사를 짓고 밀가루를 직접 맷돌에 갈았다. 그 밀가루를 할머니가 홍두깨로 밀어 국수를 만들었다. 칼국수인 셈이다. 지금의 모든 국수는 쫄깃한 식감이 당연하지만, 그때 우리집 국수는 색깔도 거무스름하고 찰기가 없었다. 식량을 조금이라도 늘리기 위하여 껍질을 덜 벗겼기 때문인데, 면발이 보드랍지도 않고 색깔도 거칠고 찰기가 별로 없어서 강원도 올챙이 국수처럼 숟가락으로 퍼먹어야 했다. 맛도 별로 없었다. 그래도 소면을 맛보기 전까지는 그것이 당연한 줄 알았다. 할머니가 국수를 밀고 있을 때 조르고 졸라서 꼬리를 짚불에 구워먹는 맛만은 일품이었다.

어느 여름 저녁 뒷집에서 하얀 국수를 한 그릇 가져왔다. 그날도 형이랑 할머니와 멍석에 앉아 희끄무레한 국수를 먹으려는 참이었다. 자기들도 처음으로 방앗간에서 도정을 하고 공장에서 소면을 뽑았으니 맛이나 보라며 가져온 것이었다. 한 번도 먹어본 적이 없는 감칠맛이었다. 셋이서 한 그릇을 나눠 먹으니 몇 젓가락 먹을 것도 없었다. 더 먹고 싶어 안달이 났다. 우리도 그런 국수 해먹자며 할머니를 조르기 시작했다. 있을 리 없는 할머니가 다음에 꼭 해 준다며 달랬지만 막무가내로 떼를 썼다. 달래다 못 한 할머니가 할 수 없이 뒷집에 남은 국수 있는지 알아본다며 나간 순간 못마땅하게 노려보던 형이 나를 데리고 뒤란으로 갔다. "자꾸 할머니 조를래? 안 조를래?" 형이 세차게 뺨을 때렸다. 그날 국수 먹고 싶다고 조르다가 형에게 죽도록 맞았다.

모심기 새참으로 국수가 자주 나왔다. 무논을 헤집고 다니다가 먹는 그것은 정말 둘이 먹다가 하나가 죽어도 모를 정도로 맛있었다. 한번에 두 그릇 정도는 기본으로 먹었다. 저녁에 먹다 남은 것이 있으면 다음날 아침 퉁퉁 불었어도 당연한 내 것이다. 내게 국수는 음식임과 동시에 아련한 추억이다. 하얗고 긴 소면 가락에는 어린 시절의 온갖 기억들이 주렁주렁 매달려 있다. 그리고 항상 느긋한 회상의 포만감에 젖어들게 한다. 그래서 무작정 국수가 좋은 것이다.

아내가 반찬 걱정을 하면 두말없이 국수 끓여 먹자고 한다. 그러면 아내는 간장 만들기가 여간 까다롭지 않다며 은근슬쩍 피하려 한다. 국수를 싫어하기 때문이다. 꼭 어릴 적 할머니를 조르듯 며칠을 졸라야 한 번쯤 끓인다. 요즈음 무척 덥다. 시원한 국수가 제격이다. 오늘 또 아내를 졸라 봐야겠다.

피서

　더위가 시작되면 할머니는 항상 빳빳하게 풀 먹인 베적삼과 잠방이를 입혀 주셨다. 종일 산비탈 밭에서 화석처럼 앉아 있는 할머니가 언제 그렇게 칼같이 옷 손질을 해 놓았는지 모른다. 통풍이 잘 되어 시원한 건 좋지만 빳빳한 베옷은 조금만 움직여도 등이며 사타구니가 까칠까칠하다. 자칫 함부로 뛰어다녔다간 피부가 벗겨지기에 십상이다. 하지만 나는 방법이 있다. 빨리 냇가로 가야 한다. 할머니의 눈치를 살피며 잠시 슬그머니 삽짝을 나선다. 그리고 두 다리를 벌려 어기적거리며 오리처럼 냇가로 간다. 가는 동안 가능한 한 사타구니에 옷이 닿지 않도록 해야 한다. 최대한 얌전하게 걸어가서 풍덩 물로 뛰어든다. 그 순간 사포같이 거칠던 옷은 부드러운 할머니의 가슴이 된다.

냇가에는 아이들이 끊이지 않았다. 아름드리 느티나무와 백양나무가 길게 그늘을 드리웠고, 듬직한 바위가 물가에 솟아 있어 일 년 내내 풍성하게 아이들의 응석을 받아주는 곳. 홍수가 지면 채소나 수박, 돼지가 통째로 떠내려오기도 했고, 바다로부터 은어와 황어를 몰고 오기도 했다. 우리는 놀이에 빠져 해지는 줄 몰랐다. 보릿짚단을 옆구리에 끼고 헤엄을 치는 놈, 다이빙한답시고 바위에서 배부터 떨어지는 놈, 조그만 모래밭에서 두꺼비 집을 짓는 놈, 입술이 새파래져서 가만히 누워 있는 놈, 고기 잡는다고 천방지축으로 뛰는 놈, 온종일 시끌벅적하다가, 겨울이면 널따란 썰매장이 된다. 장작불 피워 놓고 진종일 얼음을 지쳤다. 그곳은 우리들의 가장 좋은 놀이터였다.

"요놈아! 옷 벗고 물에 들어가랬잖아!" 물에서 실컷 놀다 돌아오면 할머니는 항상 꾸지람부터 했다. 풀기 빠진 베옷은 금방 후줄근해진다. 그래도 까칠하지 않고 편해서 좋다. 풀 먹인 베옷은 할머니의 손바닥 같지만 풀 빠진 베옷은 할머니의 젖가슴 같다. 할머니야 꾸중을 하거나 말거나 그저 싱긋 웃기만 하고 저녁 먹자고 조른다. 저녁이라고 해 봤자 감자 썰어 넣은 수제비나 칼국수가 전부이지만 하루를 물에서 뛰어다닌 배속에는 진수성찬이 따로 없다. 설렁설렁 멍석 위로 내려앉는 저녁 어스름을 밀어내며 그릇에 코를 박는다. 이윽고 하늘 가득 은하수가 흐르고 삼베 올 사이사이를 모깃불 연기가 지나가면, 불알은 서늘함에 오그라들고, 밤 매미 소리는 길게 늘어져 자장가가 된다.

오늘 유난히 덥다. 가만히 앉아 있어도 흐르는 땀 때문에 옷이 몸에 척척 달라붙는다. 신경질도 같이 달라붙는다. 오늘처럼 더운 날은 풀 빳빳하게 먹인 베옷이 좋겠다. 베옷 입고 친구들이랑 헤엄치고 놀면 더 좋겠다. 더 좋겠다. 실컷 놀다 와서 꾸중 들어가며 수제비 그릇에 코 빠뜨릴 수 있으면 더더욱 좋겠다. 더더욱 좋겠다. 그리하여 은하수 이불 삼아 한숨 푹 자고 일어나면 활기차고 성성한 오늘이 꿈처럼 추억처럼 아름다울 수 있겠다.

할머니가 손질해 입혀 주던 빳빳한 베옷이 그립고, 그 냇가가 그립고, 뛰어놀던 친구들이 그립다. 잠시 다녀오자. 세상사 다 잊고.

딸기

전등이 켜질 무렵이면 벼 포기마다 개구리 소리가 달린다. 등은 집안을 지키고 개구리는 들판을 지킨다. 일제히 울다가 뚝 끊어지고, 조용하다 싶으면 또 울어 젖히고, 고향의 오월은 개구리 소리로 풍성하다. 개구리 소리만큼 풍년이 든다면 올해도 대풍이겠다. 제사를 끝내고 마당에 서니 스무사흘 달이 고즈넉하다. 종가 사당 앞의 백일홍이 만발했나 보다. 붉으스레 부풀어 있다. 사당을 감싸고 있는 오죽이 흔들린다. 부드러운 봄바람과 개구리 소리에 절로 흥에 겨웠나 어깨를 조금씩 들썩이고 있다. 바람도 별로 없는데, 혹시 딸기 도둑?

고향엔 과수원이 없다. 오십 년 전이나 지금이나 똑같다. 달라진 것이 있다면 농로에 시멘트 포장이 된 것과 젊은이가 없어졌다는 것 일게다. 노인들만 있으니 더욱더 변할 리 없다. 쌀보리와 몇 가지 작물 이외에는 농사로 여기지 않는다. 설령 과수농사를 짓는다 해도 동해안 오지 마을이어서 판로도 없다. 그러니 어릴 적 우리의 간식거리 과일은 아주 단순했다. 봄이면 찔레 오디 산딸기, 여름이면 삭힌 감, 마당의 살구, 텃밭의 오이, 가을이면 감 밤 대추, 그래도 가을이면 제법 많다. 겨울이면 고구마 곶감 볶은 콩……. 요즘처럼 풍성한 온갖 과일 같은 과일들은 제사 때나 되어야 볼 수 있었다. 그나마도 봄부터 가을까지만.

종가 뒤뜰에 딸기밭이 있다는 것을 안 것은 중학생 때였다. 딸기 맛이 무척 궁금했다. 산딸기보다 훨씬 맛있다는 동무의 꾐에 빠져 초여름 어느 날 밤 종가 뒷담을 둘이서 몰래 넘었다. 밭이라고 해 봐야 후원 안이니, 스무남은 평 되는지 모르겠다. 오죽烏竹이 바람에 흔들릴 때마다 가슴이 철렁철렁하면서도 생전 처음 먹어 본 그 맛은 황홀했다. 새콤달콤하면서 부드럽게 씹히는 감각은 산딸기의 그것에 비할 바가 아니었다. 이슬로 축축해진 잎을 헤치고 굵고 실한 놈으로 실컷 따 먹고 돌아왔다. 동무와 한 사나흘 후를 약속하며.

몇 번을 들락거려 종가 뒷담에 길이 날 즈음, 우리보다 먼저 온 손님이 있었다. 담 밖에서 안의 동정을 살피려니 그림자 셋이 딸기 숲을 헤집는 것이 아닌가? '저런! 버릇없는 놈!' 아무 기척 없이 흙덩이와 돌덩이를 마구 집어던졌다. 분명히 그중 하나가 맞은 것 같은데 숨소리 한번 내지 않고 그 그림자들은 오죽 숲으로 숨어 들어갔다. 한참을 담 밑에 앉아 개구리 소리에 백일홍 구경을 하다가 맛있게 포식을 하고 돌아왔다. 동네 아이들이 그렇게 들락거려 정작 종가에서 먹을 딸기는 없었겠지만 종부의 입은 한없이 무거웠다. 딸기 없어진단 소리가 한 번도 동네에 나돌지 않았다.

친가와는 달리 처가 쪽은 대소가 모두 과일 위주의 농사를 짓는다. 참외, 복숭아, 포도, 자두 등 일 년 내내 과일이 끊이지 않는다. 그래서인지 아내는 과일을 유난히 좋아한다. 사과 한 상자쯤은 삼일이면 해치운다. 그리고 상품이 되지 못하는 것은 모두 가져와 잼을 만든다. 때깔 고운 것은 아니지만 못 먹을 것도 아니니 그냥 버리기엔 아깝단다. 깨끗이 씻은 후 적당한 불에 푹 고아 잼이 만들어지는 과정을 보노라면, 요즘 배우기 시작한 수필과 같다는 생각이 든다. 경험과 상상에 의미를 부여하여 새로운 수필이 태어나듯 과일은 열에 건조되어 잼이라는 새로운 식재료가 되니까 말이다. 두고두고 식빵에 발라먹을 수 있는 맛있는 잼 같은 수필을 쓰고 싶지만 아무래도 그건 내 능력 밖이다.

온갖 서리를 다 했다. 곶감, 무, 김치, 닭, 감자, 고구마, 옥수수……. 그런 것을 할 때는 꼭 주인집 아이가 보초를 선다. 제비뽑기나 게임을 해서 걸리는 아이의 집은 그 날 저녁 뭐가

털려도 털렸다. 작전지휘는 당연히 순번에 걸린 아이가 했다. 저희 집 물건이니 어디에 뭐가 있는지 어디로 어떻게 들어갔다 나와야 하는지 이 시간쯤 다른 식구들은 뭘 하는지 제일 잘 알기 때문이다. 백호 남짓한 동네에 동갑이 열일곱이었으니 떼로 몰려다니며 별의별 놀이를 다 즐겼다. 수박 서리도 해보고 복숭아 서리도 해봤지만 맨 처음 해본 딸기 서리가 가장 기억에 남는다.

"종가 딸기밭 지금도 있어요?"

둘러앉아 음복하며 사촌 동생이 묻는다.

"있지, 왜?"

모처럼 조부제사에 참석한 사촌동생도 고향에 온 감회가 새로운 모양이다. 아까부터 나처럼 종가 사당을 자주 건너다봤다.

"옛날에 딸기 서리 갔다가 돌에 맞은 적이 있어서……"

술 한 잔 권하며 크게 웃었다.

"그때 형님이?"

동생도 크게 웃었다. 초여름 밤의 정겨운 웃음이 딸기잼으로 남았다.

아버님 전 상서

아버지! 오랜만에 아버지께 편지를 씁니다. 그간 저 자신의 테두리에 갇혀서 짧은 안부를 드리는 것조차 적조하였습니다. 기다리셨다면 죄송합니다. 날씨가 몹시 무더워지고 있습니다. 아버지 가시던 그날만큼은 아니지만 그래도 사람을 몹시 지치게 합니다. 그날은 정말 몹시 무더웠지요. 장례 나흘 내내 삼십칠팔 도를 오르내렸으니까요. 문상객의 흐르는 땀이 저희의 눈물보다 더 진한 것 같아 송구하였습니다. 그게 벌써 사 년 전이네요. 며칠 후면 네 번째 기일인데 그날 만나 뵐 수 있을는지요?

저희는 잘 지내고 있습니다. 집사람은 바로 앞의 요양병원에 일자리를 얻었고 큰놈은 제법 안정된 직장생활을 하고 있습니다. 둘째는 소방관 시험에 응시하여 필기와 체력시험을

통과하고 면접만 남겨두고 있습니다만 성적이 그리 좋지 않아 걱정입니다. 오십여 명을 선발한다는데 면접 보는 사람이 백 명이 넘는답니다. 되기만 하면야 그만한 경사가 없겠지만 올해는 아무래도 어려울 것 같습니다. 그래도 면접용 양복 한 벌은 사 입혀야겠네요. 스물두 살부터 공무원이 된다면 꽤 괜찮을 텐데 말입니다.

어제 집사람과 요양원을 다녀오며 많은 이야기를 나눴습니다. 숙모의 건강 때문에 이야기가 시작되었지요. 참, 어머니의 근황부터 말씀드려야 옳겠으나 그것은 제가 말씀드리지 않아도 아버지가 더 잘 아시리라 생각합니다. 육십 년 넘게 어머니의 헌신적인 사랑을 받으셨으니 지금도 그 곁에 항상 계시리라 여겨져 따로 말씀을 드리지 않습니다. 숙모는 뼈만 남았습니다. 눈빛도 예전의 힘을 모두 잃어버리고 퀭합니다. 그 모습이 얼마 남지 않음을 예고하는 것 같아 마음이 저립니다. 그래도 다행인 건 아직 정신이 샛별보다 맑다는 것입니다. 몇십 년 전부터 최근까지 당신의 주변에서 일어나는 일들을 정확하게 기억하고 정연하게 분별하니까요. 왔으면 가는 게 사람의 일이지만 정갈하게 자신을 갈무리하려는 숙모를 보노라면 숙연해지는 마음을 어찌할 수가 없답니다. 숙모와 저희 내외는 수목장으로 의견을 모았습니다. 숙모는 당신의 시어머니 앞에 유골이 묻히기를 원합니다. 그래도 되겠지요?

그리고 큰아이 결혼 문제도 이야기했습니다. 저도 나이 스물아홉이나 되었고 사귀는 여자친구도 있으니, 은근히 제 어미에게 집 문제며 돈 문제, 고부간의 문제까지 의견을 물어본 모양입니다. 제 어미는 시대환경이며 학력 소득 등을 따져가며 저희와 비교했고, 현재의 우리는 넉넉하게 물려줄 여력이 없으니 네 능력껏 살아라. 원룸이면 어떻고 단칸방이면 어떠랴, 펄펄 끓는 젊음이 있잖느냐 했다는데 아이는 좀 떨떠름한 표정을 짓더랍니다. 그런데 왜 저는 그 소리를 듣는 순간 아버지 생각이 났을까요?

저희가 결혼하려 했을 때, '너의 선택을 믿는다.' 이 한마디로 결론을 내 주셨죠. 처가에서는 무척 반대했는데도 말입니다. 하긴 지금 제게 딸이 있다고 해도 저 같은 놈하곤 절대 결혼 못 하게 하죠. 배운 게 있습니까, 돈이 있습니까, 그렇다고 직장이 뚜렷합니까. 거기다 모셔야 할 양모가 있다지요. 그래도 저는 아버지의 '믿는다'는 한마디에 돈키호테가 되었지요. 사글세 단칸방이 당연한 줄 알았고, 그저 아버지가 저를 믿어 주시는 게 고맙기만 했습니다. 또 젊은 한때, 삶이 몹시 흔들릴 때 아버님께 편지를 쓴 적이 있었지요. 그때 아버지는 '네 자신을 증명하라.'라는 이렇게 답장을 주셨지요. 사실 처음엔 백지의 여백이 너무 커 실망을 했습니다만 그 여덟 자가 가슴에 깊이 새겨졌다고 해도 과언이 아닙니다. 열심히 산다고 살았습니다만 요즘은 제가 제일 천덕꾸러기가 된 것 같습니다. 아이들이 뭔가를 원할 때 애비가 척척 해결해주면 오죽 좋겠습니까. 그러나 지금의 저는 그럴 능력이 거의 사라져 버렸습니다. 큰 아이에겐 정말 면목이 없습니다. 저의 사업을 물려주겠다고 제 적성에도 맞지 않는 화학을 전공하게 해 놓고 정작 제가 파산해 버렸으니까요.

아버지! 요즘의 결혼 풍속은 총각이 집 준비를 해 놓으면 처녀 쪽에서 살림살이를 채운다는데 집 준비해 줄 일이 난감합니다. 저도 그냥 아버지처럼 '믿는다, 네가 알아서 해라.'라고 해 버릴까요? 너무 무책임하고 비겁하진 않을까요? 저는 가끔 아버지의 '믿는다.'와 '네 자신을 증명하라.' 라는 말씀을 되새김질합니다. 어머니 아버지와 한 지붕 아래에서 생활한 시간이 일 년 남짓밖에 되지 않으니, 사실 세세한 정은 잘 모릅니다. 그냥 큰 그림자이지요. 아버지가 제게 남기신 가장 확실한 유산이 그 두 단어인데, 그걸 제 자식에게 그대로 사용해도 될까요?

좋은 자식이 되고 지아비가 되고 아버지가 되고 싶습니다만, 때때로 그 방법을 몰라 헤맵니다. 아버지도 어려운 살림에 도무지 방법이 없어서 제게 그렇게 말씀하신 것은 절대 아니시겠지요? 살다 보면 때로 아무 방법이 없을 때도 있다는 것을 이제는 이해합니다.

아버지! 오랜만에 편지를 쓰면서 두서없는 넋두리만 이것 저것 늘어놓았네요. 저도 이제는 많이 안정되었습니다. 아버지만 생각하면 조금 삐딱해지려는 마음도 정리하려 합니다. 며칠 후엔 꼭 오셔서 저희가 올리는 따뜻한 밥 한 그릇 드시기 바랍니다.

불효자 올림

세 살 버릇

나는 반찬 타령을 하지 않는다. 된장 고추장 김치만 있으면 군소리 없이 한 그릇 뚝딱 먹어 치운다. 그런데 아내를 비롯한 처가쪽 사람들은 입맛이 까다롭다고 한다. 결혼 초기에 장모는 반찬을 가져오든지 아니면 아예 오지 말라고 했다. 그럴 때는 은근히 신경질이 났다. 내가 뭐 그리 입맛이 까다롭다고……. 참 알 수 없는 일이었다. 할머니는 내가 입 걸게 잘 먹는다고 뭐든지 챙겨 주려 했는데 말이다. 친가에서는 입 짧다는 소리를 들어본 적이 없었다.

열아홉까지 할머니가 해주는 밥을 먹고 자랐다. 할머니와 둘만 있으니 상차림도 아주 간단했다. 계절과 관계없이 보리밥에 된장 고추장 김치가 전부였다. 가끔 막장에 절인 고추나무, 미역귀에 참기름 한 방울 섞어 주면 그날은 호강하는 날이었다. 할머니는 된장을 따로 끓이는 것보다 밥솥에서 밥과 함께 찌기를 잘했다. 계란찜 하듯이 된장을 찌는 것이다. 재료라야 별것 없다. 애호박에 감자, 부추, 풋고추 그저 있는 대로 몇 쪽씩 넣는 게 전부이다. 여름철엔 된장 찌는 그릇에 꼭 감이파리 하나를 띄웠다. 혹 쉬슬었을까 하는 염려 때문이었는데 간혹 구더기가 올라타 있을 때도 있었다. 그땐 감이파리만 들어내면 되니 아주 편리한 생활의 지혜였다. 현재의 시각으로 보자면 기절초풍할 일이지만, 내게는 가장 즐기는 음식 중의 하나이다.

결혼하고 처가에를 갔다. 밥상을 받고부터 고역이 시작되었다. 사위 왔다고 정성 들인 것은 분명한데 도대체 찍어 넣을 게 없다. 이걸 먹어봐도 느끼하고 저걸 먹어봐도 달착지근하고 또 다른 걸 먹어봐도 혀끝에서 따로 논다. 김치는 젓갈이 안 들어갔으니 그냥 밋밋하다. 숟가락을 들었다 놓았다, 젓가락을 들었다 놓았다, 겨우 허기만 면하고 상을 물렸다. 입 짧다는 소리가 당연히 나올 만했다. 사실 그때까지 다양한 종류의 음식을 별로 먹어보지 못했다. 식당에서 밥을 사 먹을 때도 내 입에 맞는 반찬 한두 가지만 먹었다. 고기 종류나 튀긴 것, 볶은 것들은 왠지 입에 맞지 않았다. 느끼한 맛이 도무지 싫었다. 나물 한두 가지만 있으면 되는 내게, 한 상 가득 지지고 볶고 튀긴 음식을 올려 놨으니 준비하는 사람도 고역이었고 먹는 사람도 고역이었다.

입맛에 맞지 않더라도 아무거나 좀 잘 먹어야 하겠건만, 새로운 음식이 나오면 저건 느끼하겠지, 저건 맛이 없겠지 하는 선입견부터 먼저 든다. 변하지 않는 것인지 변할 생각이 없는 것인지 내 입맛은 지금까지 거의 고정되어 있다. 김치는 매콤하면서 젓갈이 들어가야 하고, 된장은 시래기라야 한다. 남들이 맛있다고 칭찬하는 대부분의 음식에서 조미료 맛밖에 느끼지 못한다. 음식이란 게 수학처럼 딱 떨어지는 정답이나 공식이 있는 게 아니니 제 입맛에 맞으면 그만이겠지만, 고쳐보려 노력해도 왠지 잘 안 된다. 딱히 싫어하는 음식이 있는 것도 아니면서 안 먹어본 음식엔 손이 잘 가지 않는다.

가만히 내 삶을 들여다보면 먹는 데에서만 낯을 가리는 게 아니었다. 산다는 게, 특히 사업하는 사람들은 잘 모르는 분야도 뛰어다녀 보고 잘 모르는 사람과도 부딪혀야 하거늘, 모르는 분야는 아예 거들떠보지 않았고, 모르는 사람에겐 사교성 있게 다가가지 않았다. 직장생활을 하면서도 주식이다 부동산이다 재테크를 겸하는 사람이 부지기수이며, 주업과 부업을 겸하는 사람이 수도 없이 많다는 것을 알면서도 내가 하는 일 이외에는 하려 하지 않았다. 천성이 게으른 탓인지 소극적인 성격 탓인지 알 수가 없다. 어쩌면 둘 다인지도 모른다. 내 입에 맞는 음식만 먹으려 하듯이 삶도 내 구미에 맞추려 했고 실제 그렇게 살아 버렸다.

아는 사람 중에 낮에는 유통업을 하고 저녁에는 레스토랑을 하며 주식과 부동산, 거기다가 명리학을 공부하여 남의 운명을 짚어 주는 일까지 하는 이가 있다. 음식에 대해서도 모르는 것이 없는 미식가이다. 매스컴에서 어떤 음식이 소개되면 곧바로 달려가 먹어 본다. 냉면 한 그릇을 위하여 경남 사천을 가는가 하면 국수 한 그릇을 위하여 강원도를 다녀오기도 한다. 가히 우리 생활 전반에 대하여 모르는 것이 없다. 그것이 다 맞는 것인지 틀리는 것인지 모를 일이지만, 나는 내심 그 적극적인 사고방식이 부러울 때가 많다. 만약 누군가 내게, '찐 된장 먹으러 서울 가자.' 하면, 나는 분명 '아무리 맛있어도 그거 한 끼 먹으러 거기까지는 안 가.' 했을 것이다.

일곱 살 전후에 먹은 음식이 그 사람 평생 입맛의 기준이 된다는 글을 읽은 적이 있다. 가만 생각해 보니 나는 그때 할머니가 해 주는 김치와 고추장과 된장만 주로 먹었다. 그 이외의 음식이 있다는 것을 점차 커가면서 알았지만 입에 맞는 것만 먹었다. 고향 산등성이만 세상이 아니고 엄청난 다른 것이 있다는 것도 객지에 나와 알았지만, 왠지 소극적인 성격 탓에 그 넓고 깊은 광장에 마음껏 뛰어들지 않았다. 음식을 낯가림하듯이 세상도 또한 그렇게 해버린 것이다.

먹고 싸는 문제가 신체적인이라면, 먹고 사는 문제는 정신

적이다. 어쩌면 작은 편식이 더 큰 편견을 불렀는지 모른다. 먹고 사는데 왕도는 없다. 문제는 모든 것에 대한 선입견을 품지 말아야 한다는 것이다. 일단 뛰어들어 보고, 먹어 보고, 입맛에 조금 안 맞더라도 삼켜 보고, 천천히 음미해 보기도 하고, 그렇게 적극적으로 살아 봐야 할 일이다. 아무리 생각해 봐도 나는 내 안일한 정신과 나태한 버릇을 고칠 호된 꾸지람이 필요하다. 세 살 버릇 여든까지 간다지만, 나는 아직 여든이 되자면 멀었으니 더 늦기 전에 확 뜯어고쳐 볼 일이다.

사람이 아름다워

오십을 넘긴 지 다섯 해가 지났다. 언제부터인지 성기던 그의 머리에 희끗희끗 서리가 내리기 시작하더니 이젠 아예 반백이 넘었다. 딸과 아내가 염색이라도 하라며 보채지만 그는 매번 귓등으로 넘기며 들은 체도 하지 않는다. 애살스런 딸이 염색약을 사와 성화를 부린 다음에야 마지못해 딸 앞에 머리를 들이밀고 앉는다. 나이 들면 당연한 일을 뭘 그리 성화냐며 입으로는 구시렁거려도 마음은 흐뭇하다. 집에서 일어나는 조그마한 소란들이 그는 항상 즐겁다. 작은 일상사에서 무한한 행복을 느끼는 것이다.

그를 보면 저절로 싱긋이 웃음이 난다. 사람이 아름답다는 말은 그를 두고 한 말임이 분명하다. 얼굴이 잘생겨서가 아니라 그 마음 때문이다. 우화 한 토막이 있다. 두 사람이 길을 가다가 강을 만났다. 한 사람은 재빨리 상류로 올라가 혼자 폴짝 뛰어 건넜고, 한 사람은 조금 늦어지더라도 나무를 베어 다리를 놓고 건너갔다. 혼자 간 사람은 조금 빨리는 갔을지언정 아무도 그를 기억하지 못했다. 후세 사람들은 모두 그 다리를 놓은 사람의 노고를 칭송하며 편안히 강을 건넜다. 그는 미련스럽도록 우직하게 다리를 놓는 사람이다.

그는 중학교를 졸업하고 철공소에서 용접과 선반 기술을 배웠다. 딱밤을 맞아 가며 배운 세월이 어언 사십여 년, 명장이란 소리를 들을 만큼의 기술자가 되었고 회사에서는 없어서는 안 될 사람이 되었다. 그동안 그는 딱 두 번 회사를 옮겼다. 처음 기술을 배웠던 회사가 부도가 나지 않았다면 아마 그는 첫 번째 회사에 뼈를 묻었을 것이다. 두 번째 회사에서 일한 지도 이십여 년이 넘었다. 그의 기술을 탐낸 기업들이 좋은 조건을 제시하며 데려가려 하지만 그는 미동도 하지 않는다. '어딜 가서나 나는 기능공이다. 지금 이 회사가 나를 충분히 대접해 주고 있다. 이것으로 만족한다'는 것이 그가 내세우는 이유이다.

그에게는 휴일이 없다. 공식적으로 회사가 휴무하지 않는 한 그는 매일 출근한다. 휴일근로수당이 탐나서가 아니라 몸이 이미 그렇게 반응을 한다. 그에게 시간의 공백은 형벌과 같다. 어쩌다 노는 날은 형제들의 농사라도 도와 줘야 마음이 편하다. 어릴 때부터 웬만한 집안일은 혼자 다하던 습관이 아직도 그대로 남아 있기 때문이다. 남들 그 흔하게 가는 등산도 집 앞의 야산이 고작이며, 그것도 새벽 일찍 후딱 다녀온다. 술 담배는 물론, 노사분규에 휘말리지도 않고 정치 이야기도 하지 않는다. 남자 셋만 모이면 군대 이야기와 정치이야기로 떠들썩하지만 그는 묵묵히 주어진 일만 할 뿐이다.

몸만 부지런한 게 아니라 마음도 똑같이 부지런하다. 그의 어머니가 오랜 치매로 요양병원에 입원할 때, 그 외의 일곱 형제 모두 병원비에 큰 부담을 느끼고 있었다. 그는 주저 없이 병원비 부담을 자청했다. 부모로 인한 몸인데, 아버지는 일찍 돌아가셔서 아무것도 하지 못했지만 어머니에게는 도리를 다할 것이란 게 그의 생각이었다. 오 년여의 병시중을 불평 한마디 없이 감내했다. 형제들에게 생색 한번 내지도 않았다. 그가 그렇게 할 수 있는 밑바탕에는 그와 똑같은 사고방식을 가진 아내가 있었기에 가능한 일이었다. 언제나 그렇지만 여섯째가 맏이의 노릇을 톡톡히 하고도 남았다.

노래도 곧잘 하고 그림도 잘 그리고 손재주 좋은 그를 보면 조금 아깝다는 생각이 든다. 조금 더 배웠으면 어땠을까! 사람이 제 가진 재능을 세상에 내보내지 못하는 것은 개인적으로나 사회적으로나 다 불행한 일일 것이다. 노래는 웬만한 가수보다 뛰어나고 그림도 수준급이다. 나는 가끔 그에게 농담

한다. '담배도 피우고 술도 좀 마시고 취미생활도 좀 해야 경제가 돌아간다. 너무 그렇게 야물게 사는 것은 서민경제의 적이다.' 지금이라도 재능을 살린 취미생활을 했으면 싶지만 그는 웃기만 한다. '내가 뭐 아는 게 있어야 말이지, 공돌이는 공돌이답게 살아야지.' 이럴 땐 참 답답하다. 그래도 그 단단한 평정심에 찬사를 보낸다.

주는 것 없이 미운 사람이 있고 받는 것 없이 고운 사람이 있다. 그는 고운 사람이다. 빈털터리로 시작하여 작은 건물을 하나 장만했으니 그것도 예쁘고, 워낙 부지런하고 욕심을 부리지 않으니 그것도 보기 좋다. 세상에 불만 없이 살고 현실에 만족하는 사람이 얼마나 될까? 우선 나부터 불만투성이이지 않은가! 아무리 곱씹어 봐도 그가 누구를 원망하든가 불평을 말한 적은 한 번도 없었다. 삶을 있는 그대로 포용한다. 모두가 세상을 움직이려 하는 요즘, 반석처럼 단단한 그가 아름답다. 세상에 그와 같이 아름다운 사람들만 있다면 세상은 저절로 천국이 될 것이다.

시대유감

　고향에 갈 때마다 아이를 데려가고 싶었지만 그러지 못했다. 특별한 일이 있을 때만 가끔씩 데리고 갔다. 어쩌다 데리고 갈라치면 아내의 성화가 대단했다. 공부해야 할 아이를 어디 데려가려 하느냐는 거였다. 가야할 학원도 많았고 해야 할 공부도 많았다. 매번 쓸데없이 어디를 데려가려 하느냐는 핀잔만 돌아왔다. 고향의 전통과 풍습을 배우는 것도 공부라면 공부일 텐데, 고향은 매번 핀잔만 돌아오는 쓸데없는 곳이었다.

　여러 번 반복되다보니 나도 은근히 혼자 다니는 게 편해졌다. 추억을 만들어 준답시고 아이에게 신경 쓰는 것 보다는 고향 친구들과 어울려 술 한잔하는 것이 훨씬 더 홀가분하고 좋았다. 그렇게 세월이 흐른 지금, 아이에겐 고향에 대한 추억이 거의 없다. 앞 냇가에서 물장구치며 고기 잡던 동심도 없고, 뒷산 한가로이 떠가는 구름에 대한 서정도 없다. 학교 학원 어쩌다 오락실, 학교 학원 어쩌다 오락실, 그렇게 자랐으니 고향의 대소사에 거의 관심을 가지지 않는 것은 어쩌면 당연한 일인지도 모른다.

추석이나 설 같은 명절에는 저절로 신이 났다. 객지에 있던 사람들이 돌아오고, 집집마다 왁자한 정담이 연기처럼 뭉게뭉게 피어올랐다. 백여 호가 몽땅 한집안인 집성촌이다 보니 혈육의 정은 더 끈끈하게 맺어져 앞집도 우리 집이요 뒷집도 우리 집이었다. 내 것 네 것 따지는 것도 없었고, 모처럼의 만남을 서먹해 하는 사람도 없었다. 아재비 조카가 허물없이 흥겨웠다. 한적하던 마을에 전등불이 밝혀지면 아이들 또한 밤새도록 골목을 뛰어다니며 놀기에 바빴다.

차례도 온 동네 사람이 모여서 같이 지냈다. 항렬이 가장 낮은 집부터 순서대로, 맨 마지막은 종가였다. 그때마다 사당 앞에는 흰 두루마기가 파도처럼 일렁거렸다. 높직한 차례상 앞에서 어른들은 엄숙했고 우리는 과일이며 떡 먹을 생각에 가슴이 부풀었다. 그땐 참 많이도 따라다녔다. 한집도 빠지지 않고 다니며 보자기가 미어터지도록 과일이며 떡을 모았다. 빈소가 있어 삭망을 지내는 집은 밥까지 있어 더욱 좋았다. 모두가 가난하던 시절, 그렇게 모아온 떡은 며칠 동안 좋은 간식거리가 되었다.

집성촌에 불천위不遷位까지 모시니 어른들은 족보에 대한 자존심이 대단했다. 혼맥의 형성부터 집안의 대소사까지 시시콜콜 품위를 지키고자 했고 따지는 게 많았다. 제사는 어떻게 모셔야 하고 혼례는 어떻게 치러야 하고, 뭐는 어떻게 해야 하고 또 뭐는 어떻게 해야 하고, 어른들은 얼굴만 맞대면 토론을 하고 훈계를 했다. 나무에만 뿌리가 있는 게 아니라 사람에게도 뿌리가 있으니, 자손은 조상을 욕되게 하지 말아야하며 조상은 자손에게 아름답게 추억되어야 한다는 소리를 귀가 아프도록 들으며 자랐다.

객지에서 고향사람끼리 삼십 년을 넘게 하는 모임이 있다. 집성촌에서 나왔으니 회원 모두가 집안이다. 처음엔 너나없이 만날 날만 기다렸다. 교통도 통신도 발달하지 않았고 집 한 칸 없이 떠돌던 시절, 낯선 땅에서 아재비 조카, 할애비 손자가 만나는 것은 엄청나게 반가운 일이었다. 그러나 날이 갈수록 웃기는 현상이 일어나 버렸다. 회원 십여 명에 고문이 이십여 명이다. 모임이 제대로 유지될 리가 없다. 고문과 회원의 고민이 깊어졌다.

이 도시에서 새로운 고향사람은 더 이상 없으니 자식들을 회원으로 영입하자는 결론이 내려졌다. 그들도 같은 후손이니 회원이 되는 것은 당연한 일이었다. 그러나 아무도 자식을 데려오지 못했다. 이유는 모두가 꼭 같았다. 공부 때문에, 내가 바빠서, 혹은 나 편하자고, 고향을 가르치지 않았으니 유대감도 없고 공감대도 없는 탓이었다. 눈에서 멀어지면 마음에서도 멀어지는 법이다. 데리고 다니지 않았고, 보고 들은 것이 없으니, 고향 모임이나 나들이는 그저 귀찮고 거북스러울 뿐이었다.

추석날, 달빛은 교교한데 동네는 조용하다. 왁자지껄 시끄럽던 골목엔 바람만 굴러다닌다. 족보 자랑하던 어른들은 어디로 가고 없고, 흰 두루마기 파도처럼 일렁이던 종가는 제관을 빌려와야 할 형편이다. 기왓골에 와송瓦松이 없어진 지는 벌써 오래고 불 꺼진 집 굴뚝엔 추억만 처량하다. 네 새끼 내 새끼 아예 오지도 않은 놈이 더 많고, 온 놈은 휑하니 갔다. 아무리 생각해도 아이들의 고향과 나의 고향은 다르다. 누굴 탓하랴!

할머니의 사탕

왠지 마음이 허허로울 땐 재래시장을 간다. 가서 호떡도 사 먹고 꽈배기도 사 먹고 붕어빵도 사 먹는다. 할 일 없이 돌아다니다가 맛나 보이는 것 아무거나, 도넛일 때도 있고 쑥떡일 때도 있고 팥죽일 때도 있고, 만두일 때도 있고, 보고 싶은 대로 보고 먹고 싶은 대로 먹는다. 그리고 눈깔사탕, 눈깔사탕 가게 앞에서 할머니를 생각한다.

할머니는 평생 온몸을 바쳐 집안을 지켰다. 봄부터 가을까진 밭고랑에서 살았고 겨울이면 길쌈을 했다. 홀몸으로 사 남매의 자식과 열한 명의 손자손녀를 키워냈으며, 시조부까지 봉양했으니 지난하기 짝이 없는 인생이었다. 열한 명의 손자손녀들 모두, 비록 잠깐잠깐 이었지만 할머니가 해주는 밥을 먹고 자라다 보니 할머니에 대한 애틋한 추억 하나씩은 간직하고 있다. 그중에서 내가 어린 시절을 꼬박 할머니와 보냈으니 추억도 내가 제일 많을 것이다.

진달래가 한바탕 지나가고 보리가 푸르게 넘실대면 감꽃이 피기 시작했다. 어릴 때 내가 자란 조그만 초가는 감나무 속에 잠겨 있었다. 집을 감싼 울타리가 전부 내 키의 몇 곱절은 됨직한 고목이어서, 한여름 뒷산에 올라가 내려다 보면 푸른 연못 속에 바위 하나 고즈넉이 잠겨 있는 것 같았다.

여름이면 할머니는 삭힌 감을 이고 오일장을 다녀오곤 했다. 마늘일 때도 있고 고추일 때도 있었지만 삭힌 감을 가지고 갈 때가 가장 많았다. 할머니가 시장에 갈 때마다 나는 항상 사탕 사오라고 부탁했다. 어쩌다 한번 먹어 본 큼직한 눈깔사탕의 달콤한 맛을 잊어 버릴 수 없었다. "할매, 올 때 꼭 사탕 사 온내이." "그래, 집 잘보고 있거라." 할머니가 장에 가고 나면 온종일 혼자 놀았다. 떨어진 감을 줍기도 하고, 집 뒤의 묏등에서 미끄럼을 타기도 하며 할머니가 사올 사탕을 기다렸다.

할머니는 한 번도 사탕을 사오지 않았다. 읍에 있는 장을 가보지 않아서 모르지만 사탕 장수들은 이상했다. 더우면 덥다고 안 오고, 추우면 춥다고 안 오고, 바람 불어도 안 오고 비 와도 오지 않았다. 어떨 때는 사탕 장수 집에 초상이 났고 어떨 때는 물난리가 났다. 할머니가 필요한 생활용품장수들은 빠짐없이 오 일마다 장사를 하는데 사탕장수는 도대체가 장사를 하지 않았다. 할머니가 아는 사탕장수는 한없이 게으르거나 한없이 불행한 사람이 분명했다. 그때마다 울음을 참으며 감나무에 올라가서 가지만 흔들었다.

사탕을 사 오진 않았지만 할머니는 꼭 다음 장을 약속했다. "다음 장엔 꼭 온다더라. 그때 사 주마." 항상 온다고 했다. 다음 장에 오지 않는다고 한 적은 한 번도 없었다. 나는 슬그머니 마음을 풀고 또 다음을 기다린다. 그러나 다음 장에도 그다음 장에도 사탕 장수는 한 번도 오지 않았다. 그렇게 나는 기다림을 배웠다. 결국 내가 다 자라고 할머니가 돌아가실 때까지 사탕 장수는 오지 않았지만 할머니가 사 올 사탕은 영원한 추억과 꿈으로 남아 있다.

엊그제 할머니의 제사를 지내고 왔다. 돌아가신 지 꼭 이십 년이 흘렀다. 가끔 할머니가 보고 싶거나 마음이 허전할 땐 재래시장에 가서 할 일 없이 쏘다닌다. 할머니의 사탕은 내게 영원한 기다림이다.

제 5 부

장미공원

천사들

오늘 아침 신문에 일흔여덟 된 노인이 아내를 목 졸라 살해했다는 기사가 났다. 일흔넷 된 그의 아내는 몇 년 전부터 치매를 앓고 있었단다. 병간호와 생활고에 시달려 돌이킬 수 없는 죄를 저질러 버린 모양이다. 얼마나 방법이 없었으면 일이 그 지경까지 다다랐을까! 남의 일 같지가 않다. 흔히 남의 말 하기 좋아서 인륜이니 도덕이니 떠들지만, 당해 보면 안다. 환자가 있는 집안의 그 고통이 얼마만큼인지. 긴 병에 효자 없다는 말이 괜히 생겨난 게 아니다.

어느 날 장모가, "야야! 청도 사는 서 서방 성이 뭐고?" 했다. "서 서방 성이 서 서방이지." 우리는 모두 웃어넘겼다. 화장실의 배수구가 자주 막히고 식구들의 칫솔에 머리카락이 붙어 있기 시작한 것도 그즈음 부터였다. 음식을 장롱 안에 감추기도 하고, 자꾸 배가 고프다고 보채기도 했다. 어떤 때는 엄마 아버지 보러 우리 집에 간다고 행방불명되기도 했으니 모시고 있는 처남은 애간장이 말랐다. 처남보다는 처남댁의 고생이 훨씬 심했다. 도저히 다른 방법이 없다. 요양병원으로 모셨다.

갑자기 아버지가 발이 아프다고 하였다. 연세가 연세이니 아프기도 할 것이라 대수롭지 않게 생각하고 병원엘 갔다. 그런데 병명이 없다. 통풍인가 싶더니 그것도 아니고, 신경인가 싶더니 그것도 아니란다. 몸은 아픈데 병명이 없으니 안달이 나 온갖 병원을 다 다니기 시작했다. 서울로, 강원도로, 충청도로, 전라도로, 안 가 본 곳이 없었지만, 양방 한방 모두 소용이 없었다. 결국 하반신이 마비되어 움직일 수 없게 되었다. 가족이 모두 매달려 간호를 한다고 했지만 욕창까지 생기기 시작했다. 도저히 방법이 없다. 요양병원으로 모셨다.

어머니에게 중풍이 왔다. 평소에도 혈압이 높아 관리에 꽤 신경을 썼지만 덮치는 병마를 어찌할 수 없었다. 식사부터 대소변까지, 목욕에 재활운동, 누군가의 도움이 없으면 꼼짝도 못했다. 그래도 그런 건 괜찮았지만 "빨리 죽어야지"를 되뇔 땐 정말 듣기 싫었다. 밤낮없이 어머니에게 매달리던 아내가 듣다 못 하여, "빨리 죽으려면 밥도 잡숫지 말고 약도 잡숫지 말고 운동도 하지 마라. 정말 죽을 맘이 있으면 죽을 준비부터 해라." 그랬더니 그다음부터 죽는다는 소리는 하지 않았다. 아이들이 있을 땐 교대로 수발을 들 수 있었지만, 둘 다 직장을 따라 떠난 뒤에는 아내 혼자 이만저만한 고역이 아니었다. 요양원으로 모셨다.

장모와 아버지는 요양병원에서 돌아가셨고 어머니는 요양원에 아직 계신다. 처음에 요양병원을 갔을 때는 모든 것이 낯설고 생소했고, 부모를 돌아가실 자리로 모셨다는 죄책감이 온통 지배했지만, 그것도 시간이 지나면서 점점 익숙해지기 시작했다. 요양병원과 요양원이 다르다는 것도 다니면서 알았다. 요양병원에는 의사 간호사 간병인이 계약에 의하여 의무적으로 움직이고 있었고, 모든 의료 행위에는 금전이 수반되어야 했다. 그러나 요양원에는 의사가 없는 대신, 간호사가 입원 어르신들의 간단한 건강관리를 하고 있었고, 많은 수의 요양보호사들이 손발이 되어 주고 있었다. 나는 그 요양보호사들에게 감탄하고 말았다. 그들은 사흘에 한 번씩 목욕시키는 것부터 빨래하기, 몸단장하기를 자기 부모에게보다 더 정성을 다하는 듯 보였다. 어르고 달래가며 밥을 먹인다든지, 기저귀를 갈아 채운 후 엉덩이를 톡톡 두드리며 "시원하지요?" 하며 속삭이는 것을 보노라면 천사를 보는듯하다.

천사들은 또 있었다. 어린 자녀를 데리고 봉사하러 오는 젊은 부부들이었다. 일요일이나 공휴일 고사리 같은 손으로 빗자루나 걸레를 들고 청소를 돕거나, 어르신의 말동무를 하는 아이를 보노라면 부끄럽기 짝이 없다. 부모를 모셔 놓고도 마당 한번 쓸어 주지 않았으니 나의 교만함이 하늘을 찌를 일이다. 아무런 이해 관계없이 순수한 마음으로 한 번이라도 나는 누구에게 봉사한 적이 있었던가? 부모의 심성이 우러러 보이고 아이의 모습이 예쁘기 짝이 없다. 천사가 꼭 하늘에만 있는 것이 아니었다. 그들 모두가 천사였다.

아내는 무엇이든 잊어버리길 잘한다. 집에서 사소하게 잊어버리는 것은 일일이 말로 다 할 수 없고, 타고 간 자동차를 백화점 주차장에 버려 두고 온 적도 있다. 워낙 건망증이 심하니 외출했다 돌아올 땐 내가 나서서 하나하나 점검을 해 본다. 휴대폰 있느냐, 시계 있느냐, 그러면 아내는 대답하면서도 불쾌한 투다. 그러나 정작 내 걱정은 딴 데 있다. 장모가 치매로 오래 고생하다 돌아가셨으니 아내에게도 치매가 오면 어쩌나 하는 것이다. 만약 치매가 오면 내가 얼마나 할 수 있을까. 식사며 빨래, 목욕을 천심으로 할 수 있을까. 어르고 달래가며 살아갈 수 있을까. 오랜 병은 가족의 몸과 마음마저 파괴시킨다. 아무쪼록 천사가 되어야 할 텐데, 솔직히 천사가 될 자신은 없다. 아무리 생각해도 가장 좋은 방법은 아내가 몸도 마음도 건강한 것이겠다.

장미공원

　장미의 종류가 그렇게 많은 줄 몰랐다. 갤럭시, 디에나, 코사이, 올림픽화이어, 바로크, 칵테일, 아메리카, 라임, 드림, 등등. 꽃 모양도 조금씩 다르고 크기와 색깔도 다 다르다. 빨간색 노란색 분홍색 주황색 하얀색, 보지는 못했지만 까만색도 있단다. 외줄기로 피는 것이 있는가 하면 군락을 이루는 게 있고, 도도하게 외줄기 꽃대를 밀어 올리는 것이 있는가 하면 넝쿨을 휘감아 오르는 것도 있다. 색깔에 따라 꽃말도 다 다르다. 빨강은 욕망 열정 절정 아름다움, 하양은 존경 순결, 핑크는 맹세 행복한 사랑, 노랑은 질투 완벽한 성취, 주황은 수줍음 첫사랑 고백, 검정은 영원한 나의 것을 나타낸다는데 검은 꽃은 아직 보지 못해 아쉽다. 현재 사랑 받고 있는 것만도 백 가지가 훨씬 넘는다니, 담장을 휘감아 오르는 것과 화단에서 본 몇 가지가 전부인 나에게는 깜짝 놀랄 일이다.

　아침 운동도 할 겸, 꽃구경도 할 겸, 오월이면 이곡동에 있는 장미공원을 자주 찾는다. 크고 작은 백 종류가 넘는 장미가 구역별로 정리되어 있다. 작년 이맘때는 흐드러지게 피었더니 올해는 아직 피지를 않았다. 워낙 부산스럽게 오르락내리락하는 날씨 탓에 한껏 몸을 낮추어 웅크리고 있다. 앙증맞은 꽃대 몇 개를 밀어 올려 기온을 살피지만 세상을 향해 자태를 뽐내기에는 아직 너무 연약하다. 사람이나 꽃이나 환경이 맞아야 성장을 하고 열매를 맺는다는 이치가 새삼 깨달아진다. 그래도 사람이든 꽃이든 기꺼이 환경에 적응하고 마침내는 열매를 맺는다는 사실은 충분히 감명 깊은 일이다. 꽃대를 밀어 올렸으니 곧 흐드러질 것이다. 오월이 되면 장미공원은 흐드러진 장미의 어울림이 환상적인 천상의 화원이 된다.

　아침 이슬 머금은 장미의 매혹적인 자태는 금방 목욕을 마치고 나오는 여인과 같아서 뭇 사내의 가슴을 설레게 하기에 충분하다. 신의 술에서 탄생한 꽃답게 사람을 황홀하게 하는 치명적인 마력과 주체할 수 없는 욕망을 함께 지니고 있다. 청초하다 싶으면 요염하고, 요염한가 하면 어느 순간 고고한 귀부인이 된다. 결혼식 날 신부의 손에는 순결을 상징하는 하얀 장미가 들리고 탱고를 추는 여인의 입이나 머리에는 열정을 나타내는 빨간 장미가 장식되어 있다. 구애하는 청년이 핑

크빛 장미를 바치기도 하지만, 가시로 무장한 그 성에는 함부로 범접하지 못할 은은한 기품이 서려 있다. 장미만큼 많은 의미를 지닌 꽃도 드물 것이다. 산다는 것 자체가 여러 가지 의미를 내포하고 있는 것처럼 말이다.

오월을 계절의 여왕이라 부른다. 일 년 중에서 모든 대지를 푸르게 살찌우는 모성으로 충만한 달이기에 그렇게 표현한 것일 것이다. 장미를 꽃 중의 꽃이라 부르고 오월을 계절의 여왕이라 부르니 오월에 피는 장미는 가장 생동감 넘치는 젊음이다. 가장 순수하고 가장 열정적인 스무 살 청춘을 노래해도 좋다. 오월에 뿌리지 않으면 가을은 한없이 초라해질 것이다. 사람의 삶이 오월 장미와 같을 수 있다면 얼마나 좋으랴! 언제나 순수하게 언제나 열정적으로, 간혹 비 맞아 떨어져도 마지막까지 화사하게. 많은 시인이 장미를 예찬했고 많은 가객이 장미를 노래했다. 장미와 같은 사랑을, 장미와 같은 인생을. 내가 그렇게 살기를, 네가 그렇게 살기를, 우리가 모두 그렇게 어우러지기를. 오월에 피는 장미는 가장 싱싱한 젊음이요 화합의 상징이다.

내게도 장미 같은 시절이 있었을까? 있었다면 언제였을까? 스물? 서른? 마흔? 아무래도 스물 전후가 아니었을까. 그땐 하고 싶은 게 참 많았다. 열아홉에 고향을 떠난 이후로 공부도 하고 싶었고 돈도 벌고 싶었고 멋있는 연애도 하고 싶었다. 하지만 지금 생각해 보면, 하고 싶은 게 너무 많아 허둥대다가 막상 아무것도 제대로 이루지 못했다. 한 번도 가장 아름다운 나만의 색깔을 만들지 못했고 보여 주지 못했다. 장미처럼 화사하고 강렬한 유전자가 내게는 애초부터 없었던 것일까? 주저하다 기회를 놓쳐 버린 것일까? 아니면 날씨 탓만 하며 열매 맺기를 소홀히 해 버린 것은 아닐까? 아스라하게 스러져버린 젊은 날들이다.

둘째가 소방관이 되어 떠날 날이 얼마 남지 않았다. 스물셋, 장미꽃 같은 나이이기도 하고 응석이 조금 남아 있는 나이이기도 하다. 공부하기 싫어 실업계 고등학교를 자원해서 다니고, 책가방 안에 담배만 넣어 다니던 아이가 공무원 시험에 합격했다는 자체가 신기해서 아내와 고개를 갸우뚱거렸다. 그래도 한번 하고자 하면 끝까지 밀어붙이는 집념에는 감탄했다. 이제 떠나면 화려한 꽃밭을 걸어갈지 인고의 자갈밭을 걸어갈지는 아무도 모른다. 신뢰도 있지만 연민이 더 많음은 부모라서 그럴 것이다. 오월의 장미공원은 장미가 있어 아름답고 젊음이 있어 더 아름답다. 막 피는 장미처럼 둘째도 아름답다. 세상의 화원에서 곱게 피기를 기다린다.

벚꽃 지다

그렇게 허무하게 질 줄은 몰랐다. 화무십일홍이란 말이 있기야 하지만 그래도 며칠은 갈 줄 알았다. 막 피던 목련의 새하얀 꽃망울이 회색으로 변했는가 하면, 꽃 구름 되어 넘실거리던 벚꽃이 초라한 나신으로 길바닥에 깔렸다. 화르르화르르 바람과 물의 무게를 견디지 못한 봄의 정령들이 비명을 지르며 몸부림친다. 춘래불사춘春來不似春! 꽃샘바람이라고 하던가. 비까지 더하니 태어나자마자 세상의 쓴맛을 야무지게 체험하는 셈이다. 스산한 그 모습이 보는 이의 마음마저 덩달아 심란하게 만든다.

"술 한잔할 수 있을까?" 간간히 후려치는 비바람이 사무실 앞의 벚꽃을 흩뿌리는 오후 전화가 왔다. '한잔하자'는 강제가 아니라 '할 수 있을까?'라는 의사타진이다. 한때는 막무가내의 '하자'였지만 언제부터인가 '어때'로 가더니 이제는 '있을까'로 바뀌었다. 동년배나 친구도 아니고 열 살 넘게 차이가 나는 어른의 말투 변화가 현재를 반영하고 있는 것 같아 마음이 씁쓰레하다. 나이가 들더라도 젊을 때 하던 모든 것을 그대로 유지했으면 좋으련만, 생각한 대로 마음먹은 대로 되지 않는 것이 세상살이 불변의 이치임을 새삼 느끼게 한다.

제법 큰 기업의 대표이사를 지낸 그는 요즘 두류공원으로 출근한다. 봄 경치는 사실 거기만 한 곳이 없다. 벚꽃을 비롯한 각종 꽃이 어우러지면 아무리 눈 나쁜 사람이라도 세상이 환해지며 사랑과 기쁨이 저절로 솟아난다. 인공으로 만든 도심의 자연이지만 사계절 다른 모습으로 치장하는 것을 보면 제법 운치가 있다. 게다가 돈도 들지 않는다. 그러다 보니 항상 많은 사람으로 붐빈다. 청춘남녀는 청춘남녀대로, 중년은 중년대로, 노년은 노년대로 저마다의 문화가 있고 암묵적인 구역이 있다. 서로서로의 영역을 침범하지 않는다. 그도 처음엔 쭈뼛거렸지만 이젠 자연스레 출근하고 꽃나무 밑에 자리를 잡는다.

거기로 출근하리라곤 전혀 생각하지 못했다. 퇴직한 이후 한동안은 바빴다. 오라는 곳도 있었고 갈 곳도 있었다. 노후를 즐길 얼마간의 경제적인 여유도 있었다. 나이가 들면 지갑은 열고 입은 닫아야 한다는 말을 수없이 들었기에 점잖게 후배나 동료들을 아우르며 지내리라 마음먹었다. 그런데 아들이 그렇게 될 줄이야! 아들이 사업을 시작한다며 보증을 부탁했다. 일찍 어머니를 여읜 외아들이라 거절하기 난감했다. 욕심내지 말고 있는 만큼만 하라며 얼마간의 현금을 건넸다. 몇 달이 지나자 아들이 또 돈을 요구했다. 아들은 아버지를 회사의 이사로 올려놓았다. 이왕 담근 몸이니 더욱 거절할 수가 없었다. 그렇게 있는 현금이 거의 넘어가고 끝내는 집까지 넘어갔다. 어떻게든 바로잡아 보려 동분서주했지만, 워낙 복잡하게 벌려 놓은 다단계사업이라 속수무책으로 빈털터리가 되어 버렸다.

갑자기 갈 곳이 없어져 버렸다. 평생을 사람 사귀기 좋아하고 술 좋아하던 그였지만 아무에게도 답답한 속내를 이야기할 데가 없었다. 아내라도 있으면 좋으련만 고인이 된 지 벌써 여러 해가 지났으니 세상은 온통 캄캄한 어둠뿐이었다. 아들 내외에게 얹혀 있는 것도 하루 이틀이지 점점 며느리의 눈치가 보이기 시작했다. 도시 생활이란 게 움직이면 돈인데 한 푼 없이 움직이기도 어렵고, 신용불량자이지만 그래도 자식이니 아들에게 마냥 화풀이 할 수도 없었다. 운동도 하고 바깥바람도 쐬고 돈이 들지 않는 곳이 어디 없을까?

우연하게 들른 두류공원이 안식처였다. 숱한 사람들이 있었다. 술 마시는 사람, 장기 두는 사람, 야바위하는 사람, 사람 구경하는 사람, 잠자는 사람……. 바둑 구경을 하다가 예기치 않은 술 심부름에 당황하기도 했지만, 그것도 나름대로 사람 사귀는 재미가 있었다. 점심을 무료로 주는 곳도 여러 군데 있으니 몸만 성하면 굶어 죽진 않겠다 싶기도 하고 무엇보다 마음 편한 것은 모두가 같은 처지라는 것이었다. 세상에서 조금씩 밀려난 상처투성이의 외로운 사람들. 올 데도 갈데도 없는, 돈 만 원만 있으면 나이 상관없이 심부름을 시키며 온종일 갑부처럼 지낼 수 있는 곳. 구석구석에 온갖 사연과 설움이 온종일 굴러다니는 곳. 두류공원만 한 곳이 없었다. 그곳이 편했다.

벚나무 아래의 평상에 술판을 벌였다. 바람이 불고 벚꽃이 날린다. 기억 저 너머로 사라져 간 젊음도 같이 날린다. 그는 고맙단 말을 되풀이하며 날리는 꽃잎만 바라보고 있다. 나도 망연히 꽃잎만 본다. 하염없이 날려가는 가여운 인생이 온 공원에 가득하다. 그래도 한 번쯤은 낭만을 찾아 웃어보자. 술잔에 꽃잎이 떨어지기를 기다려 한 잔, 또 한 잔. 옆자리의 노인에게 술 한 잔을 권하니 나이에 어울리지 않을 정도로 지나치게 공손하다. 그도 젊은 시절 한때는 꽃가지같이 풍성했을 터, 어쩌다 이곳에서 흩어지는 세월을 바라보고만 있단 말인가! 어쩌다 날리는 꽃잎처럼 되었단 말인가!

소원

　계사년 설날, 집중관리실로 들어간 어머니에게 세배를 갔다. 요양원의 집중관리실은 병원의 중환자실과 같다. 그 방으로 들어간 지 보름쯤 되었나 보다. 여든을 훨씬 넘긴 노인의 생명이란 사위어지는 짚불과 같아서 언제 어떻게 온기를 잃어버릴지 모르니, 어쩌면 이번이 마지막 세배가 될지도 모르겠다.

　바싹 마른 지푸라기가 앙상하게 누워있다. 항시 반짝이던 눈에서는 빛이 사라졌고, 팔십 년을 꿰뚫던 총기마저 사라졌다. 큰 아이에게는 "서방님 오셨느냐." 인사를 하고, 아내에게는 다짜고짜 "너 그러지 마라."라며 찬바람이 일게 한마디를 하고 눈을 감아버린다. 평상시에 안 하던 행동이니 영문을 모를 일이다. 돌아가실 때가 되면 정을 떼려고 일부러 매몰차게 대하는 경우가 있다는데 어머니도 돌아가실 때가 되었단 말인가? 그래도 나를 바라보는 눈에는 어딘지 모를 애잔함이 서려 있다. 어디가 제일 아프냐니까 특별히 아픈 데는 없고 힘이 없단다.

며칠 전 왔을 때는 정신이 맑았다. 숙부의 사진과 속옷을 지금도 잘 가지고 있느냐며 물었다. 집에 있는 어머니의 장롱 서랍 맨 밑에는 빛바랜 사진 한 장과 사진보다 더 바래진 광목 속옷이 있다. 요양원으로 들어가던 날, 죽을 때 가져가야 할 물건이니 잘 간직하라며 몇 번이나 당부하던 것이다. 어릴 적 어머니는 비 오는 날이나 동지섣달 깊은 밤이면 사진 한 장을 들여다보며 길게 한숨을 뱉어내곤 했다. 사진 속에는 교복 차림을 한 까까머리 소년이 해맑게 웃고 있었다. 그때 나는 그 사진이 누구 것인지, 왜 한숨을 그렇게 서럽도록 쉬는지 그 이유를 몰랐다. "나 죽거든 같이 넣어다오. 만나서 꼭 한번 같이 살아보고 싶다." 지금까지 벌써 여러 번 했던 이야기를 그 날도 다시 한번 다짐하듯 되뇌었고, 걱정하지 마시라며 마음을 달래드렸다.

아내가 어머니의 기억을 되살리기 위해 이것저것 지난 일들을 묻는다. 어떤 것은 또렷이 기억하고 어떤 것은 모르겠단다. 불쌍하고 기구한 운명이다. 열여덟 되는 해 섣달에 혼인하여 이듬해 삼월에 신랑을 잃었다. 신랑은 똑똑하고 따뜻한 좌익운동가였다. 그 석 달 동안도 신랑은 무척 바빴다. 새색시 가슴을 다독여 가며 열심히 활동하던 신랑은 결국 사상범으로 인천소년교도소에 투옥되었고, 출소를 며칠 앞둔 채 육이오가 발발했고, 그 길로 행방불명이 되어버렸다. 석 달밖에 살지 못한 열아홉 새색시가 혼자가 되었으니 청상과부가 아니라 처녀 과부라 해도 과언이 아니다.

그때부터 육십 년의 기다림이 시작되었다. 교도소에서 국군의 총에 맞았다는 소문이 있는가 하면 이북으로 갔다는 소문도 있었지만 공식적으로 확인된 건 아무것도 없었다. 어수선한 시절이니 그저 고향에서 기다리는 것밖에 방법이 없었다. 빨갱이 남편 덕에 집안은 기울대로 기울었고, 천덕꾸러기 눈총을 받아 가며 궂은일은 도맡아야 했다. 그래도 가슴속에 남편을 향한 그리움과 기다림이 항상 가득 차 있었기에 모든 세월을 이겨낼 수 있었다. 검은 머리가 저 혼자 파뿌리가 될 때까지.

나는 어머니가 가슴으로 낳은 자식이다. 결혼 얼마 후부터 같이 살기로 했다. 어머니가 우리에게로 와서 가장 먼저 한 일은 숙부의 제사를 지내자는 거였다. 죽었는지 살았는지 모른다며 집안 모두가 반대하던 일이었다. 내가 나섰다. 이왕 엄마가 되었으니 나는 엄마의 소원을 들어주고 싶다며 어른들을 설득했다. 첫 제사를 지내던 날, 빛바랜 사진과 속옷을 상위에 올려놓고 어머니는 서럽게 울었다. 애타게 하고 싶었으나 차마 고집부리지 못하던 회한을 토하는 것이었다. 죽어서라도 꼭 한번 같이 살아보고 싶다는 소원이 있다는 것을 그때 알았다. 신기한 것은 제삿날을 모르는 내 꿈에 칠월 십삼일이라며 숙부가 현몽한 것이었다.

매몰차게 눈을 감았던 어머니가 아내와 띄엄띄엄 이야기를 나눈다.

"사진하고 속옷 꼭……"

"예! 꼭 넣어 드릴게요. 꼭 만나셔야 해요."

"그래 만나겠지, 너도 빌어다오."

불쌍한 어른……. 아내가 눈가를 훔치며 고개를 돌렸다.

어머니는 당신이 곧 돌아가실 거라고 생각하는 모양이다. 돌아가시면 저승에서 숙부를 만나고 싶어 한다. 혹시 잊었으면 증표로 사진과 속옷을 내밀기 위해서 관에 함께 넣어 달라는 것이다. 어머니의 소원은 신랑과 오순도순 재미나게 살아보는 것이다. 결혼이라고는 했지만 비구니보다 더 청정하게 살아온 삶이다. 한 번도 세상살이의 재미에 젖어보지 못했다. 잠시 손자 돌보는 기쁨도 있었지만, 아들의 사업 실패로 어쩔 수 없이 요양원으로 거처를 옮겼다. 중풍 때문에 몸도 마음도 지치고 외로웠을 것이다.

돌아오는 길 마음이 무겁다. 언제 돌아가실지 모르겠지만,

돌아가실 때까지 더 이상의 아픔은 없었으면 싶다. 지금까지 외롭게 마음고생을 하며 살았으니 지금부터라도 고통 없이, 몸도 마음도 편안하게 가시면 얼마나 좋으랴 싶다. 그리고 꼭 숙부를 만나 아름다운 한 세상 재미나게 살아 보기를 빌어본다.

민들레 피는 골목

마당 한 귀퉁이 시멘트 갈라진 틈새를 비집고 민들레가 피었다. 마당뿐만 아니라 사무실 앞 담벼락 밑에도 몇 송이가 무리를 지어 얼굴을 내밀었다. 봄바람 두어 번 스쳤을 뿐인데 갑자기 어디에서 날아와 저 험한 곳에 뿌리를 내렸는지 모를 일이다. 물도 없고 거름도 없어 가녀리고 왜소하다. 뿌리나 제대로 내렸는지 몇 번을 들여다본다. 저 혼자 생글거리는 모양새가 제법 꽃답지만, 도시의 시멘트 사이에서는 왠지 그 모습이 애잔하다. 그 여리고 앙증맞은 몸매 어디에 그런 강인한 생명력이 깃들어 있었는지 볼수록 감탄이 절로 나온다.

주택가도 아니고 상가 지역도 아닌 어중간한 곳에 사무실이 있다. 이십여 년째 내 건물은 아니지만 마당과 창고를 주인처럼 사용하고 있으니 세입자들이 자주 바뀌는 다른 집과는 달리, 나는 주위에서 거의 토박이 대접을 받고 있다. 옆 건물 주인들보다도 더 오래 한동네에 있다 보니 동사무소나 파출소 직원들이 나에게 와서 동네 인심을 묻기도 한다. 항상 조용하다. 가끔 생선 장수나 달걀 장수가 마이크로 떠들 때도 창문 열고 한 번만 내다보면 금방 사라진다. 오래 있다 보니 나에게는 아주 쾌적하고 편하고, 게다가 집과도 가까우니 안성맞춤인 자리이다.

어느 날 사무실 앞에 고물상이 들어섰다. 원래 널찍한 마당이었는데 땅을 파고 계근대를 설치한 날부터 온갖 잡동사니가 들어오기 시작했다. 그 바람에 조용하던 일상이 한순간에 무너지고 말았다. 폐지와 고철을 집어 올리는 크레인 소리, 십 원이라도 더 받아가려는 노인의 원망 섞인 소리, 망치로 드럼통 쪼개는 소리, 그리고 먼지……. 조용하던 동네에 그런 업체 하나 들어오니 내 일상도 고물처럼 너덜너덜해진 것 같아 신경이 저절로 날카로워졌다. 환경문제로 인한 이웃 간의 다툼이 남의 일인 줄 알았더니 내가 환경과를 찾아가야 할 판이었다.

고물상 주인에게 이사를 가라고 몇 번의 경고를 보냈다. 그때마다 죄송하다는 말만 되풀이할 뿐, 신경 거슬리는 소음과 먼지는 여전히 줄어들지 않았다. 사람을 우습게 보는 것이 분명하다. 주민들의 진정서를 받아 환경청에 고발하겠다며 으

름장을 놓았다. 그때마다 힘없이 봐 달라는 소리만 되뇐다. 너만 사냐? 나도 쾌적한 환경에서 살 권리가 있잖아? 봐 달라는 주인을 못 본 체하며 더 강하게 밀어붙였다. 점차 풀죽은 주인의 등 뒤에 '철수' 라는 깃발이 시름겹게 펄럭였다. 쾌재를 불렀다. 그럼 그렇지! 여기가 어디라고, 하고 싶으면 사람들 없는 외곽으로 나가서 할 것이지. 나는 다시 조용하고 평화로운 일상이 돌아오기를 기대했다.

머칠 후 저녁때 고물상 주인과 할머니가 맥주 몇 병을 들고 왔다. "너무 그러는 것 아니다. 내가 사람을 잘못 봤네!" 할머니의 표정에는 간절함과 울화가 교차하고 있었다. 다짜고짜 사람을 잘못 봤다며 너무 그러지 말란다. 속속들이 잘 알지는 못하지만 이십여 년을 이웃해 지내면서 우리 회사에서 나오는 재활용품을 가져가는 대신 마당과 사무실 안팎을 틈틈이 청소해 주는 분이다. 동네의 폐지와 고물을 주워서 아픈 할아버지를 봉양하는 사정을 어렴풋이 알기에 가능하면 도와드리려 했었다. "왜요? 무슨 일인데요?" "젊은 사람이 그러면 못쓴다. 내가 사장을 잘못 봐도 너무 잘못 봤다." 영문 모르고 당하자니 화가 치밀었다. "도대체 뭔지 말씀이나 해 보십시오." 그제야 자리에 앉은 할머니가 맥주잔을 불쑥 내밀었다.

고물상 주인이 아들 못잖은 조카란다. 제법 큰 사업을 하다가 IMF 때 부도가 난 이후로 되는 게 없었단다. 마지막 호

구지책으로 벌인 일이니 이웃간의 정으로 좀 봐 달라는 거였다. 구구절절 사연도 많았다. 원래 안 되는 집은 사연도 많고 이유도 많고 핑계도 많은 법이다. 나 역시 그런 시절이 있었고 두 사람이 찾아온 이유도 알았지만, 앞으로의 쾌적한 환경을 위해서는 모르쇠로 밀어붙이지 않을 수 없었다. 그러나 할머니의 한마디가 나를 주춤거리게 했다. "있는 사람은 다 이렇게 제 욕심만 차리나? 내가 사람을 진짜 잘못 봤다." "할머니 나 있는 사람도 아니고 욕심만 차리는 사람은 더욱 아닙니다." 했지만, 그 말 한마디에 젠장! 나는 졌다. 맥주만 한 잔 들이켰다. 싸움은 변명을 하면 지는 것이다.

이해하고 참기로 했다. 크레인의 왱왱거리는 소리에 전화 통화가 힘들어도 내 마음을 내가 누르기로 했다. '있는 사람'이란 말과 '잘못 봤다'는 절규가 묘하게 나를 자극했다. 잘 보일 일이 있는 것도 아닌데 슬그머니 물러섰다. 바보! 그런데 재미있는 것은 시간이 지날수록 일상의 풍경이 친근하게 다가온다는 것이었다. 유모차에 폐지를 싣고 오는 노인, 아이의 손을 잡고 빈병을 가져오는 새댁, 출근길에 고철 나부랭이를 내려놓고 가는 샐러리맨, 크레인 기사의 탄탄한 구릿빛 근육, 그 모든 쓰레기를 일일이 분리하는 주인, 더러 학생과 아가씨도 재활용품을 들고 와 몇 푼의 돈을 받아가는 그 모습이 잔잔한 동심원을 점점 넓혀가는 것이었다. 나는 한번이라도 그렇게 살아본 적이 있었던가?

　마당 귀퉁이 시멘트 틈새에도, 굳건한 담벼락 아래에도 민들레가 피었다. 유난스레 기복이 심한 올해의 날씨에도 아랑곳없이 작은 꽃잎을 앙증스레 하늘거리다가, 더러는 바람에 실려 떠나기도 하고, 더러는 자동차 타이어에 무참히 깔리기도 한다. 그래도 내년에 또 필 것이다. 아침에 출근하니 고물상 주인이 골목을 깨끗이 쓸어 놓았다. 다행히 민들레를 뽑지는 않았다. 말간 골목에 노란 민들레가 아늑하고 정감 어린 풍경으로 다가온다. 폐지와 고물을 들고 오는 사람들의 모습이 민들레를 닮았다. 소음과 먼지 속에서 또 한 번의 봄날이 간다.

이사

　아버지가 돌아가셨을 때, 지인들에게 부고를 내지 않았다. 평생을 담백하게 사신 어른이니만치 조용하게 장례를 치르고 싶기도 했고, 워낙 뜨거운 여름날 아버지의 일로 다른 사람을 번거롭게 하고 싶지 않아서이기도 했다. 출근도 하지 않고 어디서 무얼 하느냐는 전화가 올라치면 아버지의 이사 때문에 바쁘다고 했다. 아버지가 무슨 이사를 하느냐고 되물으면 집에서 산으로 이사를 한다고 하니, 어떤 사람은 금방 알아듣고 어떤 사람은 무슨 말인지 의아해 했다. 생전에 아끼던 그 많은 책이며 소품들을 하나도 가져가지 못하고 수의 한 벌만 걸친 채 아버지는 당신 혼자만의 영원한 집으로 조용히 들어가셨다.

　이사를 할 때마다 살림이 늘었다. 처음 아내와 신접살림을 차린 곳은 골목 안 주택의 문간방이었다. 일 년에 삼십만 원짜리 사글세였는데, 부엌이라곤 연탄아궁이 하나 달랑 있었고 화장실이나 세면장은 아예 없었다. 돈에 맞춰 구하려니 그런 집밖에 없었다. 일 년은 왜 또 그렇게 빨리 지나가는지 집세 준 지 얼마 되지 않은 것 같은데 금방 집세 줄 날이 닥치곤 했다. 그때마다 친구들의 전세가 무척이나 부러웠다. 그래도 크게 불편함을 느끼며 살진 않았다. 젊었고 신혼이었고 아이까지 태어났으니 나름대로 자그마한 행복이 있었다.

첫 번째 이사는 정말 쉬웠다. 그릇 몇 개 상자에 담고 이불 둘둘 말아 차에 실으면 끝이었다. 티브이에 찬장 그리고 책 몇 권, 아내는 아이 업혀 내보내고 나 혼자 싣고 내리고 정리까지 다 해도 한나절이 걸리지 않았다. 가난하면 어떠랴! 나물 먹고 물을 마시고 팔베개 하고 눕더라도 마음 편히 유유자적 한세상 살 수 있다면 그리 나쁠 것도 없다 싶었다. 그때까지 나의 화두는 관조觀照였다. 내가 내 삶을 조용히 바라보며 거울처럼 삶의 늪에 빠져 허우적대지 않는 그런 삶을 꿈꾸고 있었다. 그러나 아내의 눈에는 그게 무능으로 비쳤고 호된 질책 한마디에 화들짝 깨어났다.

세간 모두를 합해도 일 톤 화물차를 다 채우지 못하던 것이 두 번째는 한 차 가득, 세 번째는 두 차, 네 번째는 세 차, 회수를 더할수록 불어나 갔다. 식구가 늘고 집이 커질수록 그때마다 가전제품들도 더 큰 신형으로 바뀌었고, 재미를 느낀 나는 점점 더 욕심을 부리기 시작했다. 더 큰 집, 더 좋은 것, 더 비싸고 화려한 것, 나물 먹고 물마시다니 무슨 말 같잖은 소리! 삶이 어찌 그런 소극적인 방법뿐이더냐, 삶이란 적극적이고 치열하게 살아야 하거늘. 그즈음 내가 설립한 회사의 규모도 커져 있었고 집안 살림의 규모도 커져 있었다.

가끔 아버지께 가보면 이십 년 전이나 십 년 전이나 바뀌는 게 없었다. 어머니 아버지가 가구인가 싶기도 하고, 가구가 어머니 아버지처럼 보이기도 했다. 자식들이 가져다 놓는 것 이외에는 바뀌는 것이 없었다. 어릴 적 이불 보퉁이를 손수레에 싣고 이사를 자주 다녔는데, 이사를 한 날은 꼭 자식 중에 하나가 아버지를 모시러 가야 했다. 공직에 있는 동안 아버지는 어떤 집으로 이사하는지, 죽을 쑤는지, 쌀이 있는지 도대체 오불관언이었다. 나락 널어 놓은 가을마당에 비가 내려도 설거지할 줄 모르고 시만 썼던 아버지가 그래도 한때는 나의 영웅이요 스승이었다. 결국 객지에 집 한 채 마련하지 못하고 떠날 때와 똑같은 모습으로 고향으로 돌아왔지만 어쩌면 아버지는 진정한 의미의 관조하는 삶을 살았는지도 모른다. 부를 이루고자 앞만 보고 달리던 내 눈에는 아주 무능하게 보였지만 그런 아버지를 평생 믿고 공경한 어머니도 대단했다.

얼마 전 열 번째 이사했다. 회사가 도산한 후 셋방에 끙끙대는 나를 보다 못한 지인이 살아가면서 갚으라며 반값에 준 집이다. 이사를 해보면 삶의 궤적을 확인할 수 있다. 값비싸게 번쩍이는 세간은 모조리 없어졌다. 여덟 번까지는 넓히며 키웠었고, 한번은 초라하게, 세간보다 마음이 더 초라하게 좁혀서 갔다. 작은집에서 큰집으로 갈 때는 채우면 되지만 큰집에서 작은집으로 갈 때는 방법이 없다. 채우기는 쉽지만 비우는 것은 어렵다. 그중에서도 마음 비우는 것이 가장 어렵다.

단출한 살림이 삼십 년 전의 모습이다. 그때의 나는 삶을 관조하며 살아가는 방법을 화두로 삼았지만 지금은 온몸이 진흙탕에 빠져버린 형국이다. 세상이 온통 발버둥치면 칠수록 점점 더 깊이 빠져드는 수렁이다. 물욕 때문임을 알면서도 마음이 비워지지 않는다. 사람의 일이란 게 유소보장에 만인이 울며 메어 가나, 가마니에 둘둘 말려 지게에 메어 가나 백양나무 억새 숲에 가기 곧 갈작시면 다 같은 신세인 것을. 왜 자꾸 마음이 심란해지는지 모르겠다.

일요일 오후 꽃샘바람이 세차게 몰아친다. 앞집 옥상에 널린 빨래가 바람에 내몰린다. 어디론가 벗어나고 싶은데 목에 걸린 줄이 놓아 주지 않는다. 화르락화르락 몸부림만 애달프다. 아버지처럼 조용하고 담백한 삶을 살다가 마지막 이사를 할 수 있다면, 그만한 행복이 있으랴 싶다.

길치

　아내가 보이지 않는다. 벌써 두 바퀴째 맴돌았지만 찾을 수가 없다. 어두워진 월드컵 경기장 앞 도로엔 바람만 횅하니 굴러다니고 있다. 한숨도 나오고 신경질도 치밀어 올라온다. 같이 산행을 간 고향 친구들에게까지도 욕이 나오려 한다. 부질없음을 알면서도 또다시 전화를 건다. "큰 건물이나 간판이 뭐가 보여?" 답은 역시나 아무것도 보이지 않아 모르겠단다. 젠장 마누라, 몰라도 너무 모른다. 아침에 그렇게 일렀건만, 수성 톨게이트 나와서 우회전하거든 버스에서 내리라고, 꼼짝 말고 서 있으면 데리러 오겠다고.

　전화가 왔다. "세계 속의 대구"라는 커다란 다리 같은 게 보인다는 거다. 아하! 솔정고개에 가 있구나! 이럴 때마다 휴대전화란 게 그렇게 고마울 수가 없다. 개발한 사람은 길이

복 받아야 마땅하다. 솔정고개에 대구를 광고하는 아치가 위풍당당하게 서 있으니 아내는 필시 그걸 다리라고 표현하는 것일 게다. 역시나 길가에 우두커니 서 있다. 길 잃은 아이가 엄마를 기다리는 것이다. 우습기도 하고 불쌍하기도 하다. 에구, 마누라! 저 어두운 길눈을 어쩔꼬!

도대체가 길눈이 어둡다. 방향감각도 없고 거리감각도 없다. 매일 다니는 길도 가끔 못 찾아서 엉뚱한 곳에서 헤맨다. 오늘만 해도 그렇다. 수성 톨게이트를 어디 한두 번 다녔는가? 집은 범물동이고 친정이 경산이니 수천 번도 더 지나다닌 길이 아니던가! 그리고 위치까지 짚어가며 설명해 주고 기다리라 했는데 그걸 헷갈려서 솔정고개에서 헤매고 있으니 복장이 터질 노릇이다. 더구나 아침에 데려다 주면서 세세한 설명까지 곁들였는데도 말이다. 버스에서 내렸는데 집으로 가는 길인 줄 알고 갔다는 말에는 기가 막힌다. 그냥 가만히 있으랬잖아, 이 바보야! 나도 모르게 언성이 높아진다.

자동차 운전을 하면서도, 워낙 길눈이 어둡다 보니 혼자서 낯선 길은 절대 가지 않는다. 가까운 길을 두고도 아는 길로 멀리 돌아다닌다. 처음에는 답답해서 번번이 가르쳐 주려 노력했지만 이제는 그러려니 하고 그냥 둔다. 가르쳐 줘 봤자 대답만 응응 할 뿐 결국에는 제 아는 길로 가버린 적이 한두 번이 아니다. 정말 웃기는 건 집에서 친정을 혼자 운전해서는 가지 못하고, 대구에서 서울이 동쪽에 있는지 서쪽에 있는지 모른다는 거다. 그러다 보니 길을 두려워한다. 모르는 길에는 알 수 없는 두려움이 있다. 아내에게 길은 항상 미로이다.

아내와 달리 나는 길이 좋다. 항시 어딘가로 쏘다니길 좋아하고, 한번 갔던 길은 거의 기억한다. 길에는 미지의 세계가 있다. 전혀 가보지 않은 새로운 길은 말할 것도 없지만, 항상 다니는 길도 계절에 따라 다른 정취가 있고 상상이 있다. 고속도로의 끝을 내달리면 또 다른 도시의 설렘이 있고, 오솔길을 더듬어 가노라면 고향같이 아늑한 숲 속이 있다. 길은 언제나 과거와 미래를 향해 열려 있다. 그래서 길을 나서기 좋아하고 길이 끝나는 곳까지 달려 보길 좋아한다. 천방지축으로 다녔다.

그러던 어느 날 문득 길을 잃었다. 달리던 길 어느 지점에서 전혀 생각하지 않은 방향으로 인생 좌표가 바뀌어 버렸다. 사업이 무너지는 건 인생이 끝나는 것과 같은 것이다. 도대체 새로운 방향이 설정되지 않았다. 이 길도 막다른 길이고 저 길도 알 수 없는 길이었다. 가장 기본적인 동서남북조차도 구별할 수 없었고 바보 천치가 된 듯했다. 용케 잘 찾아다니던 길 어디에도 가야 할 불빛 하나 보이지 않았으니 인생의 수렁에서 길이 끝난 것이었다. 끝난 길에서 어디를 더 갈 수 있으랴! 허허롭게 서서 먼산만 바라봤다.

"걸어가며 길을 찾아보자!" 길치인 아내가 말했다. 들길이든 산길이든 가긴 가야 했다. 산다는 것이 길을 가는 것이니, 멈춘다는 것은 죽는다는 것과 같은 것이다. 그래 갈 데까지 가보자. 자동차로 달리던 길이지만 걸어가면 어떠랴! 조금 고달픈 건 내 무식의 소치로 돌리자. 무식하면 손발이 고생한다고 했으니 당연하게 생각하자. 이 길도 가보고, 저 길도 가보고, 안되면 돌아가고.

아내에겐 동네 길이 미로이고 나는 삶의 길이 미로이다. 오늘 길 모르는 아내를 타박하고 있지만, 내게 과연 그럴 자격이나 있을까 싶다. 아내는 골목길은 잘 몰라도 인생길은 흔들림 없이 나에게 훈수까지 하며 잘 걷고 있다. 정작 길치는 나다. 삶의 고비마다 항상 흔들리고 방향을 제대로 잡지 못할 때가 무수히 많으니까.

생각하면 우스운 일

무슨 일이 있어도 보름에 하루는 나 혼자만의 시간을 가진다. 조그맣지만, 그래도 사업이라고 벌려 놓으니 오롯한 혼자만의 시간을 가지기가 힘들다. 어렵게 마련한 시간이니만치 그 시간 동안은 누구의 구애나 간섭도 받지 않고 오로지 나 자신에게 집중한다. 조용히 몰두하여 온갖 지나간 일들을 곱씹어 보고 비틀어 보고, 조금은 안갯속 같기도 한 앞날을 상상한다. 그 상상과 반추를 글로 옮긴다. 더듬거리며 깊지 않은 지식과 짧은 어휘력을 타박해가며, 탄생의 고통과 희열을 음미한다. 뒤늦게 무슨 청승인지 나도 모를 일이다. 젊은 날 사업이나 공부를 이런 열정으로 하였다면 내 인생은 지금과는 상당히 다른 방향으로 흘러갔을 것이다.

삶이란 게 참 묘하고 재미있다. 아주 오래전 '귀곡자 산명학'이란 명리서를 재미삼아 읽은 적이 있었다. 그 책에서 설명하는 대로 내 점괘를 살펴보니, 중년 이후 한때 어렵고 고달픈 시간을 보내나 노후에는 글과 관련되어 안락하고 즐겁게 보낼 거라고 나와 있었다. 그걸 믿은 것도 아니고 마음에 새겨 둔 것도 아니지만, 아주 우연하게 완전히 잊어 버렸던 글쓰기를 다시 시작하면서 문득 그 책이 생각났다. 정확하게 자전과 공전을 되풀이하는 우주의 질서처럼 사람의 인생 역시 아무리 돌고 돌아도 궤도를 이탈할 수 없게 장치되어 있는지도 모를 일이다. 나는 지금 즐기고 있다.

무작정 글쓰기가 좋았다. 시인이었던 아버지의 피가 내

게로 유전되었는지도 모른다. 초등학교 이 학년이 되어서야 선생님께 손바닥을 맞아 가며 겨우 한글을 깨우쳤지만 삼 학년 때 교내 백일장에서 장원했다. 아무에게도 글 쓰는 것을 배운 적이 없었다. 그냥 느낌대로 생각대로 썼을 뿐인데 상을 주는 의미를 그때는 알지 못했다. 단지 나를 키운 할머니가 무척 좋아하셨기에 상이 좋은 줄 알았다. 어린 마음에 할머니를 계속 기쁘게 해드리고 싶었다.

그렇게 시작된 글쓰기가 고3 무렵에는 내 인생 전체가 되어도 좋겠다까지 발전했다. 문학을 전공하고 싶었지만 우리집에는 불행히도 대학 입학금이 없었다. 합격은 했지만 나 또한 무작정 상경할 용기가 없었다. 입학금을 마련하기 위하여 취직했다. 일 년간 열심히 모아서 공부를 계속할 것이라고. 모든 일을 게을리 하지 않았다. 하지만 세상일은 마음대로 되지 않았다. 이듬해 입학시험을 보러

서울로 간 둘째 날 고향 친구를 만난 것이 화근이 되었다. 서울 지리를 전혀 모르는 나를 데리고 남산에서 미아리까지 간 그 친구는 그날 저녁 내 지갑을 들고 도망가 버렸다. 미아리에서 미아가 된 나는 나머지 시험을 포기하고 허탈하게 고향으로 돌아와야 했다.

입학금만 모으면 떠난다던 천직賤職이 어느새 천직天職이 되어 있었다. 더 이상의 진학은 포기했지만 그래도 글에 대한 열정이 식은 건 아니었다. 틈틈이 쓴 글이 제법 많은 분량이었다. 결혼하던 첫해 아내가 모두 불태워 없애 달라고 했다. 결혼할 때에도 글쟁이의 길은 절대 안 된다는 조건이 붙어 있었다. 글보다는 아내를 더 사랑했기에 모두 불태워 버렸다. 마음 깊은 곳에서 서서히 일어나고 있는 사회적 욕구도 이유의 한 가지가 되었다.

내 청춘의 흔적이 한순간에 사라졌다. 그렇게 나는 나를 버렸다. 한동안은 어떻게 할 수 없는 허무감이 나를 지배했다. 쓰지 않는다는 것은 감정을 엄청나게 불편하게 하고 방황하게 만드는 것이었다. 그런 날은 술을 마셨다. 그래야 나를 잊을 수 있었다. 창업하고 직원이 늘고, 아이들이 자라고 몇 번의 이사를 하고, 평수가 느는 만큼 글에 대한 망각도 늘고, 그 모두를 까맣게 잊고 시간이 흘렀다, 삼십 년이.

경영하던 회사가 부도가 나고 망연자실하던 어느 날, 우연하게 글쓰기가 다시 시작되었다. 오래 전에 본 그 명리서가 떠올랐다. 그 먼길을 돌고 돌아 결국 이 자리란 말인가! 항심恒心이 항산恒產이라고 했듯이 잊고 살았지만 그것들은 내 잠재의식 속에 굳건히 자리하고 있었던 모양이다. 아내도 지금은 말리지 않는다. 운명이란 게 이런 것일까? 항시 빗나가는 것이 운명의 묘미인지도 모르지만,

철 다 지난 바닷가에 벌거벗고 서서 무얼 어쩌자는 것인지……

그래도 보름에 한 번 순수한 마음으로 몰입하는 것이 즐겁다. 나를 찾아가는 길이다. 모든 행위의 으뜸은 즐기는 것이라고 했다. 기쁘고 즐거운 마음으로 답답한 일상을 털어낸다. 젊고 싱싱해지는 느낌이다. 글 속에는 늙음이 없다. 고전일수록 생명이 길다. 하나둘 퇴직하는 친구들에게 무엇이든 취미를 가지라고 조언해 주곤 한다. 밥벌이에 매달릴 나이는 지났으니 취미에 몰두하는 재미라도 있어야 쉬 늙지 않는다. 무언가에 몰두하는 사람은 항상 아름답다. 곧 늙음이 시작되는 나이이다. 이왕 다시 시작한 일, 아예 늙음이 오지 않도록 계속 머리를 쥐어짜 볼 생각이다. 생각해 보면 그런 내가 가끔 우습기도 하지만 말이다.

박현기 수필집

민들레 피는 골목

민들레 피는 골목

지은이 _ 박현기

초판 발행 _ 2014년 2월 10일

펴낸곳 _ 수필미학사
펴낸이 _ 신중현

등록번호 _ 제25100-2013-000025호
등록일자 _ 2013. 9. 2.

대구광역시 달서구 문화회관11안길 22-1(장동) 출판산업단지 9B 7L
전화 _ (053) 554-3431, 3432   팩시밀리 _ (053) 554-3433
홈페이지 _ http://www. 학이사.kr
이메일 _ hes3431@naver.com

ISBN _ 979-11-951489-9-8 03810

※ 수필미학사는 도서출판 학이사의 수필 전문 자매회사입니다.